JN012808

婚活するなら俺にすれば？

～エリート社長はカタブツ秘書を口説き落としたい～

★

ルネッタブックス

CONTENTS

第一章　堅物秘書、婚活始めます

いつものように目が覚めて、真っ先にスマホのアラームを止め、今日の日付を確認した。

――間違ってない。やっぱり、誕生日だ。

学生時代からずっと使っている木製のシングルベッドの上で、パジャマ姿のまま小さくため息をついてから、ベッドを下りていつものルーティーンに入る。

テレビをつけて、今日の天気を確認しながら着る服を決めつつ、朝食の準備。朝は和食と決めているので、昨夜冷凍庫から冷蔵室に移しておいた鮭《さけ》の切り身を、数種類のカット野菜と一緒にグリルに突っ込んだ。

その間に着替えを済ませる。基本、パンツスタイル。長いストレートヘアは手際よく纏《まと》めて後頭部で一つ結びにする。数年間ずっとこのスタイルを崩していない。

そうこうしている間にグリルからいい匂いがしてきた。炊き上がったご飯をお茶碗《ちゃわん》に盛って、焼けた鮭とグリル野菜にオリーブオイルと塩をかけ、お麩《ふ》とわかめの味噌汁《みそしる》と一緒に朝食タイムだ。

あと、忘れちゃいけない温かいほうじ茶も。

「はあ……至福……」

社会人になってから引っ越したこのアパートでの生活も、もう五年を超えた。１ＬＤＫ、合わせて十二畳の部屋が私のお城である。

ニュースを見ながら朝食を食べ終え、洗い物をして身支度を調えたら、バッグを肩にかけ部屋を出た。

今日、誕生日を迎えた私――本永清花《もとながさやか》は、現在中途採用で入ったベンチャー企業で社長秘書をしている。

職場は三十階建てのオフィスビルにある。十二階のフロアの約半分を使用する弊社は、先代社長が独自のセレクトショップを立ち上げたのが起源となり、今では社員数も百人を超える企業に成長した。

職人が丁寧に作ったものを厳選し、消費者に届けたい。先代社長の強い思いから始めたセレクトショップは、いくつかの商品の良さが口コミで広がり、その商品がヒット。その結果客足も増え、店の売り上げも上がっていった。

私は先代社長のときに中途採用されて以来、この会社に勤務して三年になる。先代社長のフットワークは軽く、秘書に配属されると全国あちこちに出張する社長に同行する忙しい日々を送ることになった。

しかし、そんな先代社長が一年前、いきなり他業種に乗り出すことを決め、弊社を去ることになったのである。

その先代が次期社長にと推薦したのが、彼の学生時代からの友人でもあった現社長だ。

大手の流通系の他社でバイヤーとして活躍していたところを先代に引き抜かれ、後釜として据えられたのだ。

それまでは先代の影響力が圧倒的に強かったこともあり、最初は社員達の動揺も大きかった。しかし、そういった動揺を吹き飛ばすかのように、就任した新社長の手腕は見事だった。先代の穴を埋めるだけではなく、業績の振るわない店舗をくまなくチェックし、原因をリサーチ。それによりどの店舗も黒字化し、さらに売り上げを伸ばすことに成功した。

先代社長がワンマンなところがあったのと違い、新社長は穏やかで、社員の話にも耳を傾けてくれる。そんな新社長は、あっという間に社員達からこの人はできる、そして頼れると判断され、信頼を勝ち得たのだった。

しかもそれだけではない。なにを隠そう新社長はものすごいイケメンなのだ。よって、女性社員や、取引先の女性達から常に熱い視線を送られている。

仕事もできるし見た目もいい。それに人当たりもよくて、欠点が見当たらないパーフェクトな社長なのである。

――そんな社長の秘書が地味で、陰では堅物呼ばわりされてる私って……なんかおかしくない？

【本永さんって仕事はできるけど、地味で融通が利かないって感じ。堅物って、ああいう人のこと

を言うのかな？】

以前、女子トイレで女性社員が私のことを噂《うわさ》している場面に遭遇してしまい、自分が周囲にどう思われているか知る羽目になった。

――え、カタブツ……って私のこと⁉

もちろん自分で自分を堅物だなんて思ったことはない。あまりのショックにしばらくトイレの個室から出られなかったくらいだ。

確かに、外見が地味なのは当たってる。だからそこに関しての反論はない。ただ、融通が利かないっていうのは腑《ふ》に落ちない。私はただ、与えられた仕事をきっちりやっているだけなのに。

最初に聞いたときは落ち込んだ。でも、数日経《た》ったらもうどうでもいいや、と思えるくらいには開き直ることができた。以来、開き直りは続行中である。

というのは、女性達が私を敵視する理由がなんとなくわかったからだ。

それは、新社長が就任して数週間経過したある日のこと。

外出先から帰社して、自分の席に戻ろうとしたときだった。

部署に行く途中にある休憩スペースで、若い女性社員が話しているのが聞こえてきてしまった。

『なんかさあ、社長を誘いたくても本永さんを通さなきゃいけないってなるとねえ……なんか、やりづらくない？』

『わかる。ノリのいい秘書さんなら話しやすいけど、あの人真面目だから、すんなり社長に話を通してくれなさそうだもんね』

『別の人が社長秘書ならいいのになあ～。それに秘書ってだけで社長と一緒にいる時間が長いのずるいわ～私だって出張に同行したりしたい～～』

話の内容が自分に関することだとわかり、慌てて身を隠したっけ。

でもそのお陰で、なぜ自分が若い女性社員からあまり好かれないのか、理由がわかった。

――……原因は、イケメン社長のせいか……。

つまり、秘書という立場でいつも社長の近くにいる私が、とにかく気に入らないというわけだ。

「こっちは毎日一生懸命やってるだけなのに……」

出勤途中、無意識のうちに不満が零《こぼ》れる。

秘書という仕事は好きだし、やりがいもある。だけど、新社長に代わってからというもの、社長秘書の座を狙う女性社員達の視線が常に私に突き刺さっている状態なのだ。

もちろんこのままこの状態が続くのもやりにくいからと、何度か社長に部署の異動を掛け合ったことはある。でも、そのたびに先代から秘書をしている私の仕事ぶりに惚《ほ》れ込《こ》んでいるし、頼りにもしている。だからこのまま秘書でいてくれないかと頼まれてしまい、結局断れなくてそのまま秘書を続けているのだ。

――だって……あの綺麗《きれい》な顔で悲しそうに「頼む」ってお願いされて、断れる人いる!?

結局、私も人に頼まれると弱いのである。相手がイケメンならば尚更《なおさら》だ。

誰よりも早く出社して、社長室の掃除をしていると背後でドアが開く音がした。大概私が掃除をしている時間帯に入ってくるのは、件《くだん》の社長である。

彼の名は、雲雀司《ひばりつかさ》。三十二歳の若さだが、その外見からは年齢を感じさせない威厳と風格のようなものがにじみ出ていると思う。

——まあ、先代も若かったけどね。でも、雲雀社長は先代社長からすると学生時代の後輩に当たるから、さらに若いんだけど。

ちなみに他業種に乗り出した先代社長は、現在新たに観光事業を立ち上げ、リゾートホテルの経営でその手腕を発揮している。

「おはよう本永さん、いつもありがとう」

朝からキラキラとした笑顔でお礼を言ってくれる。そんな笑顔を向けられたら、彼に気のない女だってきっと好きになってしまいそう。この笑顔には、それだけの威力があるのだ。

でも、私はこの笑顔には絆《ほだ》されない……ようにいつも必死だ。

「おはようございます。いえ、恐縮です」

ぺこっと頭を下げてから社長室を出た。掃除は終えたし、あとは社長に一杯コーヒーを淹《い》れて、今日のスケジュール確認をすれば朝のルーティーンは終わる。

さっき挽《ひ》いたばかりの粉をセットしたコーヒーメーカーのスイッチを入れ、小さくため息をついた。

こうして社長と二人でいると、つくづく違う世界の人だと思い知らされる。

キラキラした社長と、地味な自分。別に地味な自分は嫌いではないけど、社長みたいな人と一緒にいると、自分の地味さが際立つ錯覚に陥るのだ。

だからこそ、彼の魅力に囚《とら》われたくない。他の女性社員みたいに、この人を目で追ってしまうような人間にはなりたくない。そのために仕事中はめちゃくちゃ気を張っている。

そんな私が気を抜くのは、数少ない友人との食事だ。

今日は私の誕生日ということもあり、学生時代からの親友、真希《まき》と夕食を一緒にする約束をしていた。真希の前なら思いっきり気を抜ける。たまに抜きすぎだと真希に怒られることもあるが。

淹れたばかりのコーヒーを社長のカップに入れ、トレイに載せて彼のデスクにそっと置いた。

「どうぞ」

「ありがとう。いい香りだね。今日の豆はどこの？」

「コスタリカ産のシティローストです」

社長がコーヒーを少量口に含む。

「うん、うまい。本永さんのセレクトは間違いないね」

デスクから私を見上げ、にこりと微笑《ほほえ》む。

「ありがとうございます」

行きつけにしているコーヒーショップの店長さんに勧められただけなのだが、まあいいか。

「そうだ、一件本永さんにお願いしたいことが」

思い出したように社長がカップをデスクに置いた。

「なんでしょうか」

「花見公園駅前店《はなみこうえん》、元々居抜きの店舗で最近建物の老朽化がすごいって話でさ。視察に行きたいんだけど、今日その時間取れるかな」

「今日は午後二時から三時半までなら可能です。ただし、四時からは新規出店先の地主さんとの打ち合わせが入ってますので、時間厳守でお願いします」

「さすが」

社長がふっ、と微笑む。

「んでさ、状況によって店の修繕とかしないとマズいんだけど、業者のリストって……」

「ありますよ。すぐ送ります」

「ありがとう。やっぱり本永さんは頼りになる」

「いえ、では、私はこれで失礼いたします」

——というか、先代社長に鍛えられたお陰です……

なんせ先代は厳しい人だったので、要求されたことになる早で対応せざるを得なかった。その日のスケジュールを丸暗記は当たり前で、普段お世話になっている業者のリストも先代社長の時代に作成済みだった。それだけのことだ。

一礼して、社長室を出た。


きっちり仕事を終わらせて定時で上がり、真希が予約してくれた店に急いだ。

一人で食事をするなら絶対に行かないような高級イタリアンは、真希が勤務するデンタルオフィスの最寄り駅近くにある。

そこは路地を入った先にあるテナントビルの一階で、ご夫婦で営んでいるので席数も少ない小さな隠れ家イタリアンだ。以前、真希に誘われて行って以来、料理の味がすごく私好みだったので、すっかりお気に入りの場所となっている。

真希に指定された時間ほぼぴったりに店に到着。木製のドアを開けて中に入ると、シェフの奥様と思《おぼ》しき女性店員さんが近づいてきて、予約席に案内してくれた。四人掛けのテーブル席には、すでに真希の姿がある。

ここからほど近いデンタルオフィスで歯科衛生士として働く真希は、高校時代からの友人だ。進学先は違ったけれど、上京して最初に入った学生会館が一緒だったので、それを機に仲良くなり、ずっと付き合いが続いている。

「よっ。二十九歳の誕生日おめでと～」

手をひらひらさせながら微笑む真希に釣られ、こっちも頬《ほお》が緩む。

「……ありがと。一足先に二十九になっちゃったよ」

席につくとすぐにさっきの女性店員さんが、シャンパンのボトルとグラスを持ってやってきた。

「ほら、祝い酒。これは私の奢《おご》り」

「え。いいの？　嬉《うれ》しい」

「どうぞどうぞ～、今夜の主役は清花だからね」

グラスに注いでもらったシャンパンをしばし見つめてから、真希とグラスを掲げて乾杯をした。

シェフにお任せコースはキッシュや新鮮な有機野菜を使用したサラダ、キャロットラペなどが載ったオードブルに始まり、とうもろこしがめちゃくちゃ濃いスープ、店で焼いたほかほかのフォカッチャ。スライスしたトリュフが惜しげもなく載せられた店自慢のカルボナーラに度肝を抜かれ、ほどよく脂がのった牛ハラミ肉のステーキに悶絶《もんぜつ》し、デザートとコーヒーでフィニッシュ。

「……は～、美味《おい》しかった……」

グレープフルーツのソルベの余韻がまだ残る中、コーヒーを飲んでまったりする。さっきまで真希とシャンパンを飲みまくっていたので、アルコールのせいで顔が熱い。

「真希、本当にありがとう。二十九になってちょっと落ち込んだけど、美味しい料理と素敵なおもてなしで気分が爆上がりです」

私と同じようにコーヒーを飲んでいた真希が、ん？　と怪訝《けげん》そうに顔を上げる。

「誕生日に落ち込んでたの？　なんで？　そんな落ち込むような理由あったっけ」

「……いやあの、それは……」

「あ。もしかして、処女だから？」

敢《あ》えて濁していたのに、はっきり言われてしまい自然と頭《こうべ》が垂れる。

「……はっきり言わないでよ。気にしてるのに……」

別に年を重ねること自体になんら問題はない。ただ、毎回誕生日のたびに思うのだ。今年もなにもなかった、なにも起こらなかった、と。

もちろん男性が嫌いなわけじゃない。いい出会いがあれば結婚だってしたいと思う。だけど、仕事に追われる日々を送っていたら、いつのまにか男性と縁がないままこの年になってしまった。

「つーか、そろそろその『堅物』秘書っていう看板下ろしてもいいんじゃないの？」

真希が痺《しび》れを切らすようにテーブルをコンコン、と指で叩《たた》く。

「……看板を下ろす、とは」

「だから、イメチェンよ。いつまでもその真っ黒ひっつめ髪とか、暗い色のスーツやめない？　もうちょっと髪も明るくしてみてさ、服ももっと明るい色を着てみようよ。足だって綺麗なんだからどんどん出すべきよ」

真希にこう言われるのは、なにも今に始まったことじゃない。でも、アラサーデビューとか、恥ずかしくって無理だと拒否し続けて今日までやってきた。

私は毎度の如く、首を横に振った。

「無理だよ……今更そんなことできない。逆に突然どうしたんだって社内がざわついちゃう」

「じゃあ、せめてプライベートだけ変えてみれば？　じゃないと、本当にこの先も男と縁がないままかもしれないよ」

ずっと縁がない。すなわち、このまま一度も男性とのお付き合いを経験することもなく生きていくということ。

三十歳を過ぎて、四十歳を過ぎてもずっとこのまま。それを想像したら、自然と首を横に振っていた。

「そんなのやだ――!!」

勢いよくテーブルに突っ伏したら、向かいの真希から「うおっ」と驚く声が聞こえてきた。

ずっと仕事が楽しくて男性との出会いを求めてなかった。でも、最近は周囲にちらほらと結婚する人も出てきて、私の中でほんの少しだけど、焦りに似た感情が生まれてきている。

確かに真希の言うとおり、自分を変える、もしくはこちらから出会いを求めていかないとずっとこのままかもしれない。

本気で恋愛や結婚する気がないならいいけど、そうではないのなら……

――ここで腹を決めないと、ずっとこのままだ。今は仕事が楽しいからいいけど、絶対後になって行動しなかったことを後悔する。だったら……

「……やろうかな、婚活」

「えっ!!」

素早く真希が声を上げた。

「婚活するの!?　清花が!!」

「うん……私の年齢くらいなら婚活でいいかなと。それに私、何人もの男性とお付き合いするつもりもないから、お付き合いしたらそのまま結婚っていうイメージが強いし。もちろん結婚までするかどうかはしっかり見極めるけど」

「お、おお……ついに、ついに清花が本気に……!!」

真希の目が、これまで見たことがないくらいキラキラと輝いている。

「じゃ、なにから始めるの？　マッチングアプリとか？」

身を乗り出してくる真希に対し、こっちは仰《の》け反《ぞ》った。

――マッチングアプリ……それってあれよね、条件とか入力して、検索してヒットした人と直接会って……みたいなやつ……

流行《はや》っているし、ちゃんと用心すればそこまで危ないという話も聞かない。うちの若い女性社員で利用している人がいるのも知っている。

でも……。

「マ……マッチングアプリ、か……ちょっとそれはやめておく」

「なんで。そんなにハードルも高くなさそうだし、出会える率も高そうだけど？　実際、知り合いでもマッチングアプリ経由で知り合ってそのまま結婚した人いるし……」

「それはわかるんだけど、私、そういうの慣れてないから。なんか、騙《だま》されそうで怖くて……それに、まずどういうことを条件にしたらいいのか、そこも曖昧というか……」

もちろん誠実で、優しいなどの最低条件はある。でも、それ以外に……と問われると、自分でもよく分かっていない。

なんせ男性に慣れていないから、まずは直接会って話したりしてから自分の気持ちを固めていきたい。

これに真希は少々困り顔だったけど、すぐに納得してくれた。

「そっかー。確かに清花にとっては初めての婚活だもんね。信頼できる人からの紹介、とかのほうが安心できていいのかな」

「そうだね。私としてはそれが一番やりやすいというか、安心できるかも」

真希がうーん、と考え込む。

「じゃあ、誰かいないか探してみる。うちの先生、顔広そうだし。まずはやっぱり食事会というか、飲み会かな？」

「えっ‼　ありがとう。真希の勤務先の先生が紹介してくれるなら信頼できるし、助かる……‼」

まさかこんなに早く話が動くとは思わなかった。

「んじゃ、早速明日聞いてみる。飲み会決まったら、清花もそれなりにちゃんと準備してきてね？　素材はいいんだから、もっとそれを生かすようにしないと。あと、飲み会だけじゃなくて普段から人目を意識して行動するとか、社交的になるとか、そういう努力も大事だからね⁉」

力強い真希の言葉に、何度も頷《うなず》いた。

「自分なりに頑張ってみます‼　頑張ります、先輩‼」

「先輩じゃないし……」

クスッとしている真希は、過去にいくつもの恋愛を経験しているし、今も付き合って一年ほど経つ彼氏がいる。

私も彼女を見習って、いい人と恋愛できればいいな。

そんなことを思いながら、楽しい食事タイムは過ぎていった。


踏み出したきっかけとしてまず、真っ黒だったロングヘアの色を変えてみた。

アッシュブラウンの髪色と、若干レイヤーを入れて少しだけ軽さが出たロングヘアを鏡越しに見て、ちょっと変えただけでこんなに変わるものなのかと衝撃を受ける。

「髪型って、大事なんですね……」

いいですね‼　変わりましたね！　という美容師さんの言葉に気分もこれまでになく上がった。

美容室から帰宅して、マイナーチェンジした自分を鏡でまじまじと眺めた。

つくづく、人ってちょっと手を加えただけでかなり変化するものなのだと知った。

そのほかにも真希のアドバイスを受け、リップの色を少し変えてみたり、気分が上がるからと勧められたネイルサロンにも行ってみた。

初めてなのでシンプルなベージュのジェルネイルだけ。でも、爪を整えただけでこんなにも気持ちが変わるのだと目からうろこの心境だ。

勤務中に手が空くと、何気なく自分の手を眺めてしまうほどだった。

——爪が綺麗なだけで、気分って上がるもんなんだなあ……

「本永さん」

キーボードの上にある自分の爪をじっと見つめていたら、頭の上から声がしてハッと我に返る。

いつの間にか雲雀社長が近くに来ていた。

「あ、はい。なにか」

「いや、さっきからずっと手元を見つめたまま動かないから、どうしたのかと思って」

——しまった、見られてた。

それなのに気がつかないって。私、どれだけ自分の爪に見とれてたんだ。

「す……すみません。ボーっとしてました」

本来なら怒られても仕方がないのに、社長は怒るどころか笑ってくれた。

「ははっ。珍しいね。本永さんでもそんなことあるんだ」

「ま、まあ……たまには……」

恥ずかしいけれど、うちの社長のこういうところは嫌いじゃない。むしろ好きだ。

社長だけど高圧的ではなく、社員の話をちゃんと聞いてくれる。先代社長はわりと一方的に話すタイプだったから、雲雀社長に代わってからこのスタイルに慣れるまで、少々時間がかかった。

でも、やっぱり一緒に仕事をするのなら、話が通じる相手の方がやりやすい。そのことに気がついてからは、雲雀社長と仕事をするのが楽になった。

仕事もできて気遣いもできて、尚且つ顔がいい。一緒にいる時間が長ければ長いほど雲雀社長のことを好きになってしまいそうで、自分の感情をコントロールするのが地味に大変だった。

——ここで雲雀社長を好きになったら、彼に好意を寄せている他の社員に絶対睨《にら》まれる。それだけはなんとしても避けなければ……

ただでさえ堅物とか言われてるんだから、これ以上印象を悪くしたくない。人間関係を円滑に進めるためには致し方ないことだと、今ではすっかり割り切っていた。

「……本永さん、爪。綺麗だね」

「あっ、はい。この前サロンに行って整えてもらったんです」

私がずっと手元を見ていたからだろうが、雲雀社長が私のちょっとした変化に気がついた。

きっと意外に思っているのだろう。珍しく目がまん丸だ。

「本永さん、あんまりこういうのやらないよね。珍しいな」

「え。あ、はあ、まあ……今まではあまり関心がなくてやらなかったんですが、友人に勧められたので行ってみたんです。やってみたら見ていて楽しいし、気分も上がるしでいいことづくめでした」

「そうなんだ。確かに指先の綺麗な女性って素敵だよね」

雲雀社長が私にこんなことを言うのは、とても珍しい。女性の容姿についての彼の見解など、これまでに聞いたことがない。

「……ネイリストさんから、男性は女性のネイルをあまり好ましく思っていないらしい、という話を聞いたんです。ですが、社長はそうではないんですね？」

質問したら、社長がははっ、と軽やかに笑う。

「すごく長くて鋭利な爪とかはちょっと抵抗があるけど。綺麗に整えて色をのせることは全然抵抗ないよ。むしろ、指先まで気を使える女性は美意識が高くて素敵だと思う」

「美意識ですか……」

「もちろん爪に限った話じゃないけど。服でも、靴でも髪型でもなんだってそうでしょう。細部にまで気を使える人っていいと思わない？」

私のデスクに片手をついて微笑む雲雀社長に、小さく胸がときめく。

——いやいや、なんでときめいてるのよ、私。

見つめあっていると余計な感情が生まれそうで、慌てて社長から目を逸《そ》らした。

「確かに、それはそうですよね」

「で、なんでネイルを？　心境の変化かなにか？　それに……よく見たら髪も前より色が明るくなってるよね」

「え」

気付かれた。絶対、社長は私の変化になんか気がつかないと思っていたのに。

――社長って……意外と身近な人間のこと見てるのね。それとも、仕事のできる男というのは、部下のちょっとした変化にも敏感なのだろうか。

「そうなんです、少し明るくしてみたんですけど……」

「いいね、なんだか華やかさが増した気がするよ」

「あ……ありがとうございます」

褒めてもらえた。これが、意外にもすごく嬉しかった。

秘書として雲雀社長と行動を共にすることは多々あるけれど、これまで社長に容姿のことを褒められたりしたことは、ほぼないはず。

そんな社長に褒められたとなると、髪色を変えたのは間違ってなかったと自信がついた。

――よし、この調子で婚活頑張っていこう……!!

社長が去ってから、グッと拳を握りしめた。

婚活、今のところ幸先《さいさき》がいい。

私が想定していた以上に真希の仕事は速く、あっという間に出会いの場をセッティングしてくれた。

真希の職場の上司である歯科医の先生が、それならばと知り合いに声をかけてくれたのだという。

一対一で食事と言われて、正直焦った。心の準備ができているかと問われたら、正直まだ全然整っていなかったし、やっぱり無理、と怖《お》じ気《け》づきそうになった。

でも、それはさすがにセッティングしてくれた真希や歯科医の先生にも悪い。怖いし緊張もするけれど、ここは勇気を出して一歩前に足を踏み出さねばならん。

――私は……やる!!

めちゃくちゃ気合いを入れて臨んだ、食事会当日。

……だがしかし。

――ほぼ記憶がない……

はっきり言って、初対面の人と会って、挨拶を交わし二人で食事をしたあと、どうやって帰宅したのかもあまり覚えていない。

靴を脱いで部屋に上がったところでへたり込んでいた私は、夕方からなにをしていたのか順を追って思い出してみた。

――ええと、まず、普段あんまり着ないようなパステルカラーの服を着て、指定されたイタリアンに行ったのよね？

　真希に言われたとおり、髪をおろして化粧も今流行りのメイクを意識して施した。そしていざ指定された店に行くと、そこに爽やかな男性が待っていた。

『初めまして、桜井《さくらい》です』

　先に挨拶してくれたその桜井という男性に続き、私も挨拶をした。第一印象は、笑顔が爽やかな人、だった。身長は私よりもちょっと目線が上くらいだったので、百七十センチくらいだろうか。

　――同じくらいの年代の人、かなあ……

　こう思ったのは覚えてる。

　それから窓側のテーブル席に着き、コース料理を注文した。料理が来るのを待っている間は、常にあちらから話を振ってくれて、私はそれに応える形で会話をした。

　桜井さんは私でも名を知っている大企業でマーケティングの仕事をしているらしい。名刺を頂戴してそれを見ると、肩書きには主任とあった。

　私の仕事を聞かれたので、会社名と社長秘書をしていることは伝えた。真希から社長秘書をしているとは聞いていたらしいが、会社名までは伝わっていなかったようで、社名を出すと桜井さんが「ん？」と首を傾《かし》げた。

『その会社って……確か、社長は雲雀司？』

『はい、そうですが』

雲雀社長の名はそんなに有名なのか？　と心の中で首を傾げていたら、そうではなかった。

『へえ、雲雀の秘書なんだ。実は、私と雲雀は以前同じ会社に勤めていたんです』

『えっ⁉　そうなんですか？』

驚き、よくよく聞き返すと、桜井さんがその辺りの事情を教えてくれた。

話を纏めると、桜井さんも雲雀社長も、前職では同じ会社で同期社員だったのだそうだ。先に雲雀社長が転職し、程なくして桜井さんも転職してしまった。お互い違う職場になりはしたが、同僚の頃からたまに会話を交わす仲だったこともあり、今だに年に数回は連絡を取り合うのだという。

なんて世間は狭いんだ……と思いながらも、桜井さんとの食事と会話は続いた。

真希の勤めるクリニックに通っていたのが縁で、歯科医の先生にお誘いいただいたんです、と彼は話す。

『歯医者に通っていてまさか女性と食事の機会をいただけるとは思わなかったですよ』

クスクス笑う桜井さんは、とてもいい人だと直感で判断した。

よく笑うし、料理を一口食べたら『美味しい』や『この肉はすごく柔らかいですよ』など、私が口を開く前に言ってきてくれる。

以前、仕事の関係で食事をご一緒した男性が、料理のことになにも触れず早食いで、あっという間に食べ終えていたのに遭遇したことがある。そのときは、せっかく美味しい料理を食べているのだから、もっと味わって食べればいいのにと思ったっけ。

それを考えると桜井さんは食べ方も綺麗だし、好き嫌いもないらしく、なにも残すことなくペロリと料理を平らげた。そこは、すごく好感が持てた。

話も楽しいし、料理の食べ方も問題ない。常に私のことを気遣ってくれる。しかも食事の代金も全額支払ってくれた。それもとてもスマートに。

『いいんです、ここは私が』

払おうとした私を軽く手で制し、笑顔でテーブルチェックを済ませる姿はとても男らしくて、頼りがいもありそうだった。

こうしてみると、桜井さんにはなにも問題がない。このまま何度か会ってみて、向こうが承諾してくれるならお付き合いをして、ゆくゆくは結婚という流れにのっか……


——れない!!


ここで現実に戻った。

玄関からすぐ上がった床の木目を見つめたまま頭を抱えていた私は、すくっと立ち上がった。冷蔵庫から冷えたミネラルウォーターのペットボトルを取り出し、勢いよく直飲みする。

なぜ問題がないのに、桜井さんとお付き合いをするという判断ができないのか。

外見は特別好みでもないけど、嫌いなタイプでもない。身長は私より少し高いくらいで、体型は中肉中背。全くもって苦手ということもない。

それなのに、桜井さんを前にしてこの人と付き合うことを考えたら、体の中からそれは……ちょっと無理……という拒否反応が出たのだ。

ただ一つ、理由として思いあたることといえば、桜井さんは私の兄によく似ていた。体型も、話し方も顔立ちも、微妙に違うけれどどこか似ている。言うなれば系統が同じ、といったところだろうか。

そんな人とお付き合いしてベッドインする。裸になって、抱き合う……ということがもう、想像すらできなかった。いや、一度だけ想像はした。でも、途中で桜井さんの顔が兄に見えてきてしまい、やっぱり無理だった。

「い……いい人なのに……!!　どうして……!!」

紹介してくれた真希にも先生にも、もちろん一番は桜井さんにも申し訳ない。せっかく私のために時間を割いてくれて、奢ってくれたのに。

半分くらい水を飲み終えてペットボトルを掴《つか》んだまま呆然《ぼうぜん》としていたら、真希からメッセージが入った。どうやら今日のことが気になっていたらしく、短く【どうだった？】だけ。

そのメッセージに縋《すが》るように、私はスマホを手に取るとすぐ、真希に電話をかけた。

「真希～!!」

『おっ、どうした。無事に終わった？　桜井さんどう？　先生曰《いわ》くすごくいい人だって……』

「い、いい人なんだけど‼　あの人とセックスすること想像したら無理‼　ってなっちゃったの‼　これってどうしたら……」

真希の返事が返ってこない。

――あれっ。どうしたのかな。通話、切れたのかしら……

一回スマホを耳から離して画面を見つめ、通話が途切れていないことを確認してからもう一度耳に当てた。

「真希？」

『……いやあ、うーん……それはどうしようもないかなあ……生理的に合わないってことなんじゃないの？』

「生理的に合わないと、もうダメなのかな」

『どうだろう。私は最初に直感でそう感じたら、もうその相手とそうなるのは無理だって判断してるから。でも、気持ちが変わることもあるだろうし、そんなにすぐ決めなくてもいいんじゃないの？』

「……そうなのかなあ……でも、桜井さん、背格好や雰囲気が私の兄にそっくりなの。だからどうしても兄と被《かぶ》っちゃって……」

また真希が黙り込む。

『兄弟と似てるのは、なかなか難しいわね……』

「やっぱりそう思う⁉」

『実際に経験があるわけじゃないからわかんないけど、私だって自分の兄弟と似た男と寝るなんてなんか嫌だよ。うーん、でも、その感じだと桜井さんは結婚相手にならないかあ〜〜』

「う……ごめんなさい……せっかく先生にも協力してもらったのに」

『いやいや、これればかりはね。そういうの気にしなくていいから！　じゃ、私から先生にそれとなくだめだった、って言っておくから。清花はこのことを気にせず、どんどん婚活続けてて‼』

「真希〜〜ごめん……ありがとう……」

せっかく一念発起して婚活する気になってたのに、いきなりつまずくなんて。

――やっぱり、私に婚活なんて無理なのかな……

やる気十分だったせいで、つまづいてしまった今のダメージが思っていたよりも大きかった。

そんな私を真希がスマホの向こうから慰めてくれていたけど、結局この夜、気分が晴れることはなかったのである。


桜井さんとの食事から一夜が明け、朝を迎えた。

――人生で初めて、会社に行きたくない……

悩みすぎて昨夜はあまり寝られなかった。お陰で顔がむくんでいるし、なんとなく頭がぼんやりしている。何度も有給休暇を取ろうとしたけど、できなかった。

やっぱり秘書の仕事を他の人に任せるわけにはいかない。今日は取引先との会食で外出する予定だし、なにがなんでも出社せねば……

シャワーを浴びて強引に思考をはっきりさせてから支度をして、いつもと変わらぬスタイルで出社した。

まだ頭の片隅には桜井さんのことが残っている。そういや、昨夜帰り際に連絡先が書かれた名刺をくれたっけ。

丁寧な対応には、こちらも同じような対応を心がけたかった。それなのに、この人とセックスするのは無理だと体が拒絶反応を起こしてしまったせいで、それがかなわなかった。

――桜井さんには真希が伝えとくって言ってくれたけど……本当は私が直接ごめんなさいって言うべきだったのかなあ……

かといって正直に、

「私、桜井さんとはセックスできません」

なんて言えるわけがないし。

電車のつり革を掴んだまま、ひっそりとため息をつく。

こんなとき、堅物呼ばわりされている自分がちょっとだけ恨めしくなる。

いつでもどこでも態度を変えず、仕事はきっちりやる。それが周囲が持つ私のイメージ。だけど、今だけはそんな自分が堅苦しいし、なにもかも投げ出したくなる。

――って、現実に投げ出せるわけないし……

仕方ない。桜井さんの件は真希に任せよう。

そして次は、自分でどうにか御縁が見つけられるように頑張ろう。

――ていうか、マッチングアプリ使わないでどうやって相手を見つければいいの……？

その事実に気がついたら、目の前が真っ暗になる。

やばい、私、詰んだかもしれない……

もうこうなったら結婚相談所とか、使えるものはなんでも使う作戦に変更した方がいいのかも。

なんなら家族に相談するのもアリか……？

こんなことを考えながら職場のある駅に降り立った。ここへ来ると頭が勝手に仕事モードに切り替わる。そのまま勤務先に向かった。

今日の雲雀社長のスケジュールをブツブツ復唱しつつ、エントランスを抜けエレベーターホールへ向かう。

しかしこのとき、私は桜井さんと雲雀社長は知り合いなのだという事実を、すっかり忘れていたのである。

完全に失念したまま職場に到着し、いつものように社長室の掃除をしていたときだった。

ドアが開き、雲雀社長が姿を現す。いつものことなので特になにも思わず、普通に「おはようございます」と挨拶をした。でも、なぜか今朝の雲雀社長は、どことなく雰囲気が違う。

「おはよう本永さん」

普通に挨拶をしているように聞こえる。でも、毎日のように社長と顔を合わせている私にはわかる。今日の社長はいつもより挨拶の声が低い。これはなにかがおかしい。

——機嫌……悪いのかな。

こんな雲雀社長は珍しいと思いつつ、それでも日課のスケジュール確認をする。その最中も、なぜか社長の表情は冴《さ》えない。

「……以上です」

予定を全部読み上げると、社長が小さく頷く。

「承知しました。では、今日も一日よろしくお願いします」

こうやってやりとりをしているぶんには、いつもの雲雀社長と変わりない。

——おかしいな、なにかあったのかな。

もしかして体調がよくないとか？

「雲雀社長、もしかして体調があまりよろしくないのでは……？」

「いや、とくに」

あっさり拒否されて、頭の中にクエスチョンマークが浮かぶ。

「本当ですか？　無理されてませんか」

「無理はしてない」

「でも、いつもと様子が違うように思えるのです」

思っていたことを伝えたら、社長が私を見上げる。

「俺？　そんなに違う？」

「はい」

頷くと、社長が真顔になる。そして腕を組みながらなにかを考え込む。

――自分じゃ気がついてないのかな……？

社長の返事を聞くまでこの場を動けない。無言のまま待っていると、腕を組んでいた社長がはあ、とため息をつきながら立ち上がった。

なんで立つ？

「別に、体調が悪いとかそういうんじゃないんだ。そうじゃなくて……」

社長がチラリとこちらを窺《うかが》う。

「はい、では、一体なにが……」

「本永さんのせいだよ」

思いがけない答えに、目をパチパチしてしまった。

――は？

「わ……私、ですか⁉　私、なにか……」

もしかして、知らないところで重大ななにかをやらかしてしまったのだろうか。

まったく自覚がなくて、背中の中心がひんやりした。

「仰《おっしゃ》ってくだされればいいのに!! 私、一体なにをやらかして……」

青くなっている私を前に、今度は社長が慌て出す。

「え？ 違う違う、そうじゃなくて!! 本永さんが仕事でなんかしたとかそういうんじゃないんだよ」

「じゃ、なんですか!!」

「本永さんさ……昨夜、桜井と食事したんだって？」

桜井さんの名前を出された瞬間、思考が停止した。

――なんで昨夜のことを……って、あ!!

ここでようやく、桜井さんと雲雀社長が知り合いだということを思い出した。

それにしたってなんで昨夜の出来事を社長が知っているのか。理由は一つしか考えられない。桜井さんが社長に話したとしか……

「……え。あれ？ も、本永さん？ 大丈夫……」

「桜井さんですね!? 桜井さんが、社長に……」

「いやまあ、そうなんだけど。久しぶりに桜井から連絡が来たと思ったら、内容が本永さんと食事したっていう話だったから驚いたよ」

――桜井さん、すぐ社長に連絡したんだ……

話の内容が気になって仕方がない。こういうのって聞いてもいいものだろうか。

……聞いてしまえ。

「さ……、桜井さんは、私のことをその、なんと仰ってましたか」

「見るからにしっかりしてそうな女性だと。感じもいいし、ぜひまた食事したいと言ってた。多分、桜井は俺に本永さんのことをリサーチするつもりで電話をかけてきたんだと思う」

「リサーチ、ですか……」

「といっても俺は本永さんのプライベートを全く知らないから、一緒に働いているときの本永さんのことを少し話しただけだよ。それでも、君のことを勝手に話したのはまずかったかな」

「いえ、それは構いませんけど……」

自然と言葉がなくなってしまった。

──桜井さん、私のことを気に入ってくれたんだ……

気に入ってくれたのにこっちは生理的に無理だとか、あの人とはセックスできないとか勝手に考えていて、なんだか申し訳ない気持ちになってしまう。

──ほんっと申し訳ない……

無言のまま考え込んでいる私は、多分雲雀社長からしたら不自然そのもの。

「あの、本永さん？　どうした？」

心配そうな社長の声にハッとする。

今は仕事中だ、気を引き締めないと。

「も……申し訳ありませんでした。私的なことで社長の手を煩わせてしまい……」

「いやそれは構わないんだけど。ていうかさ、桜井は本永さんのことを気に入ったようだけど、本永さんはそうでもない、とか？」

ズバリ聞かれてしまい、一瞬だけど目が泳いでしまった。

「いやあの、その」

「わかるから。どれだけ本永さんと一緒に過ごしてると思ってるの」

明らかに呆《あき》れているような雲雀社長に、返す言葉もない。彼に誤魔化《ごまか》しは通用しないのだろう。

観念して、素直になることにした。

「すみません……でも、桜井さんがなにかしたとか、食事が楽しくなかったというわけではないんです。そうではなく、これは私の問題なんです」

「本永さんの問題？　なにが」

雲雀社長の表情が曇る。

「その……なんというか、お、お友達としてはいいと思ったんですが……恋人や結婚相手としては、ちょっと……」

「そうなのか」

「友人に紹介してもらって、お食事をご馳走《ちそう》になったくせにこんなことを言うのはすごく申し訳なくて。でも、やっぱり桜井さんとお付き合いするっていうのが、考えられなくて……」

たらたらと愚痴をこぼしていると、雲雀社長が前髪を掻《か》き上げながら「うーん……」と唸《うな》る。

「別に、ただ一回食事をしただけなのにそこまで考える必要はないのでは？　桜井だって知り合ったばかりで結婚までは考えてないと思うけどな」

「そ……そうなんですか？」

「そもそも、結婚相談所やマッチングアプリみたいに条件指定して会ったたって、すぐに相性がいいかどうかなんか判断できないよ。結婚なんて大事なこと、一度や二度会っただけで決められるとは思えないしね。それは、桜井だって同じだと思う」

「確かに……」

社長の言葉がすーっと体に沁《し》みて、気持ちが楽になっていく。

「社長の仰るとおりですね……」

「でしょ？　一度会っただけでそこまで考え込まなくていいんだよ。本永さん、真面目だからなあ……」

真面目、という単語が堅物と言われているようで、地味に刺さる。

――こ……こういうところなんだろうな、私が堅物って言われる由縁《ゆえん》……

落ち込む私を見てクスッと笑ってから、社長が立ったままコーヒーを飲む。

「すみません……私、婚活が初めてなのでちょっと混乱してまして……」

社長に聞かせるつもりはなかった。ただ、自分への戒めのつもりで呟《つぶや》いてから、気を取り直して仕事に戻ろうとした。

……が。なぜかコーヒーを飲んでいた社長が勢いよくカップをテーブルに置いた。その音でビクッと体が揺れてしまう。

「婚活？　今、婚活って言った？」

「えっ⁉　あ、はい、そうですが……」

「婚活してるの？　本永さん」

「はあ、まあ……」

驚いたように声を張る社長に、こっちが驚いてしまう。

――なんで驚くのだろう。べつに私が婚活したところで、この人にはなにも関係ないのに。

「本永さんが婚活か……それって、なにか事情があるの？」

そんなに私が婚活をするのはおかしいことなのだろうか。

若干、胸の辺りがモヤモヤする。

でも、社長の様子からして、きちんと事情を説明しないといつまでも納得しなさそうだし、こちらとしてもずっと詮索されるのは面倒だ。

仕方ないと諦め、簡単に婚活に至るまでの経緯を説明することにした。

「その……事情というほどでもないのですが、先日二十九歳の誕生日を迎えたのがきっかけです。一般的に三十歳辺りで婚活する女性は多いと聞きましたので、私も波に乗っかろうかと」

特に深い事情があるわけではないと分かった途端、社長の表情が緩んだ。

「ああ、なんだ……そうだったのか。でも、意外だったな。本永さんはいつも淡々としているから、そういったことに興味がないのか、もしくは長く付き合っている恋人がいるのかと思ってたよ」

――そんなふうに思われてたのか……

淡々としているのは、社長秘書たるもの、いつでも冷静でいなければならないと自分に課しているからだ。恋人の有無なんか聞かれたこともないし。

というか興味のあるなしに関係なく、恋愛してないんだから匂わすもなにもないよね。

こんなことを考えていたら、じわじわと笑いがこみ上げてきた。

ふっ、と自嘲気味に笑ってから、今の気持ちが口から漏れ出てしまう。

「恋人がいたことなんか一度もないんですけどね……」

これに社長が反応する。

「え……？　一度もない？」

「ないですよ。だから焦ってるんじゃないですか」

ここまできたら恥ずかしさもなかった。ただ淡々と事実を話しただけなのに、社長が口をぽかんと開けたまま固まっている。

――あれ？　私、もしかしてとんでもないことを暴露《ばくろ》してしまった……？

よくよく考えて、あることに気付く。

恋人が一度もいない。すなわち、処女ということを意図せずバラすことになってしまった。

これに気がついたら、一気に恥ずかしさがこみ上げてきた。

――きゃあああ!! やばい。私、社長になんということを……!!

恥ずかしさで急激に顔が熱くなってきた。今すぐこの場から逃げ出したい。

「で、では。私はこれで……!」

慌てて踵《きびす》を返し、執務室から出て行こうとした。しかし「待って」と声がかかり、反射的に歩みを止めざるをえなかった。

「もしかして最近少しずつイメチェンしてるのは、婚活のため？」

「う……は、はい……。外見の暗さというか、野暮《やぼ》ったさは自分でも把握してましたので、これを機に少しでも変わる努力をしてみようかと思いまして……」

「そうだったのか……」

雲雀社長が私をじっと見たまま、何度も小さく頷いている。

納得してくれたのはいいけれど、早く私を解放してほしい。

そんなことを考えながら一歩ずつ後ろに下がっていると、社長が距離を詰めてくる。

「で、婚活は順調なの？ 桜井の他に男性と会う予定は、もう決まってたりする？」

「いえ、それが……まだでして……」

「婚活って、具体的にどういうことをしてるの？ 相談所やマッチングアプリに登録とか？ もしくは親御さんからの紹介、とか……」

これに小さく頭を振る。

「いえ、特にそういったことは、まだ。でも、このままだと出会いがないので、近い将来そういうのも考えないといけないかなって、思い始めてるんです」

「ふーん」

これはどういった意味のふーん、なんだろう。

心の中で首を傾げつつ、社長の言葉を待つ。

「本永さん」

「は」

社長の目を見つめる。

なぜか、いつになく熱い瞳で見つめられているのは、気のせいだろうか。

「婚活するなら、俺にすれば？」

「へ？」

「というか、婚活する相手がいないんだったら俺としよう、婚活」

改めて言い直されたけど、まだ理解が追いついてない。

——ちょっと待って、待って。俺にすればって……それはつまり社長と結婚する目的でお付き合いをすると……？

驚きと困惑で、大きく一歩後ろに飛び退《との》いてしまった。

「えっ⁉　ちょっ……しゃ、社長と付き合うんですか⁉　私が⁉」

社長が眉をひそめ、口元に人差し指を当てた。

「こらこら、声が大きい」

「はっ‼」

慌てて口を手で押さえる。一応執務室のドアはきっちり閉まっているし、この部屋は防音だ。そのことを思い出して脱力した。

もちろんそれを知っていた当の社長は、笑いをかみ殺すように口元に拳を当てている。その肩は小刻みに揺れているようにも見えた。

「ひ……ひどい。騙しましたね……」

「いやだって、本当に声が大きかったから。防音じゃなかったらフロアにまで聞こえてたよね、きっと」

「そりゃ、あんなこと言われたら驚くに決まってるじゃないですか！　な、なんで社長みたいな人が私と婚活をしたいだなんて……」

「うーん、それは」

さっき飛び退いたお陰で、私と社長の間には数メートルの距離があった。でも、社長がまた私に歩み寄る。

「俺が本永さんのことをいいと思ってるから、かな」

「えっ……うそ」

「本当です。だから、お付き合いから始めてみません？」

にこっ、と向けられた優しい微笑みに、意図せず胸がキュンとなる。

――ほ、本当に……？　本当に雲雀社長が私と……？

にわかに信じがたい状況だが、どうやら夢ではないらしい。

普通に考えれば嬉しいし、こんな機会はもう巡ってこないかもしれないと思ってしまう。

でも、それと同時にこれは、なにかの罠《わな》では？　と警戒する自分もいる。

「ん？」

私に微笑むこの男性の胸の内は、いかなるものか。

秘書である私の耳に、雲雀司という男性の悪評などは一切入ってきていない。女性関係に関しては相手側から一方的に食事の誘いなどは多々あるけれど、仕事の付き合いがある場合を除き、彼が誘いを受けたという話は聞かない。

全くプライベートが見えないという雲雀社長だからこそ、彼のミステリアスな部分に惹《ひ》かれる女性も多いのだという。

……っていう話を、この前女子トイレで聞いた。

確かに普段どんな生活をしているのか気になるけれど、それとこれとは話が別。

私はある程度相手のことが見えてこないと、つきあうとかそういうことはまず考えられない。

「で、どうだろう。俺は本永さんの恋人になれるだろうか？」

社長に対して恐れ多いけれど、今ここで返事をすることはできない。

私は勢いよく頭を下げた。

「いやあの、さすがにすぐにお返事はできかねます……心の準備が……」

「まあ、それもそうか。いきなりすぎた」

体勢を元に戻すと、向かいにいる社長ににやりとされた。

「こっちは急がないから、じっくり考えておいてくれるかな？」

「か……かしこまりました……」

「はい、じゃ、今日も一日頑張ってください」

言うだけ言って、社長はすんなりデスクに戻っていった。今の今まであんなことを話していたくせに、もう真剣な顔で席に着き、書類に目を通している。わかってはいたけど、社長の切り替えの早さに、目を見張った。

——なんだかとんでもないことになってしまった……

まるで超難問の宿題をどっさり出された気分で、胃はおろか腸の調子まで悪くなりそうだった。

第二章　男性と初めてのデート

弊社の社長、雲雀司、三十二歳。

先代社長が始めたベンチャー企業を引き継いだ若き社長でありながら、その見目麗しい外見で女性社員や取引先企業の女性担当者からの人気も高い。そんな男性が私に嘘《うそ》のような提案をしてきた。


『婚活するなら、俺にすれば？』


社長にお付き合いを申し込まれたのは朝。そのあとはお互い仕事に没頭していて、付き合うとか恋人とか、そういったことをしっかり考える暇などなかった。

だけど夕方、外出する社長を見送って終業時間を迎えた途端、現実が私に重くのしかかってきた。

——待ってよ、ほ、本当に本気で言ってる……？

職場にいると明らかに言動が怪しくなるので、急いで荷物を纏めて退社。脇目も振らずに自分のアパートに戻った私は、床にぺたんと座り込んだまま空を見つめる。

「雲雀社長が、恋人になるかもってことなの……？　わ、私の……？」

彼氏いない歴二十九年。今までに告白すらされたことがないこの私の、初めての恋人があの雲雀社長になるかもしれないのか。

――……いやあの……き、厳しくない……現実的に難しいのでは……

冷静に考えたらこれしか出てこなかった。あんなキラキラを周囲にまき散らしているような陽キャの社長と、明らかに陰キャの私じゃ釣り合うどころの話じゃない。

それに、もし私と社長が付き合っているなんて周囲にバレたらえらいことだ。ただでさえ社長を狙っている女子社員に睨まれているというのに、社長の恋人が私だなんて知られたら、きっとこれまで以上に反感を買うに違いない。

「だめだ……!!」

それだけは避けないと。私から仕事を取ったらなにもなくなってしまう……!!

婚活はしたいけど、それは仕事あってのもの。

それくらい、私は今の仕事が好きだし、大切に思っている。となると、やはりお付き合いの話はもう一度社長と真剣に話し合うべきだと思う。

しかし、この気持ちをどうやって社長に説明したらいいのだろう。

できることなら社長の気分を害さないよう、なるべく穏便に済ませたい。しかし、なにしろ全てが初めてのことなので、こういった場合の対処法がまず分からない。

というわけで、こんなときは真希だ。

真希が仕事を終えているのを確認してから、彼女に電話をかけた。

『はーい、お疲れ』

すぐに真希の声が聞こえてきて、ホッとする。でも安心している場合じゃない。

今は、私にとってある意味一大事なのだから。

「ごめん。あのね、大変なことが起きたの」

『へ？　大変なことって……なに？』

早速今日あったことを彼女に話した。

桜井さんが社長と知り合いだったお陰で、社長に婚活を始めたのがバレた。そうしたらなぜか社長から婚活するなら自分としようと言われた……と。

あまりの急展開に、話を聞いている真希も理解が追いついていないようだった。

『ちょ……ちょっと待って。桜井さんと雲雀さんが知り合い……？　んで、桜井さんが雲雀さんに清花のことを聞いて、それがどうして雲雀社長から付き合おうって言われる事態に？』

「私もよくわかんない……」

スマホの向こうから、んー、と真希が考え込む声が聞こえてくる。

『あのさあ……もしかして社長って、元々清花のことが好きだったのかな……』

「えっ⁉」

真希の呟きに、心臓がドキッと跳ねた。

まさか自分が気付いていないだけで、社長は前から私にアプローチしていたとか？

——どうだっけ、これまでそんな素振りあったっけ……？

社長が発した言葉や、態度など。それっぽいことがなかったか記憶を辿《たど》るけれど、それらしきものはなかった気がする。

「そういうのはなかったと思うけど……それとも私が気がつかなかっただけかな……」

『可能性はあるな。清花、鈍そうだし。で、どうするの？』

鈍いと言われても反論できなかった。

確かに、男性と付き合ったことも告白をされたこともないのだから、好きだというサインを送られていても気付いていない可能性の方が断然高い。

落ち込みかけたけど、今はそれどころじゃなかった。

「どうするのと言われても……もちろん嬉しかったよ。でも、冷静になったら私と社長じゃ釣り合ってないって思えてきて……他の社員に知られたら騒ぎになりそうだし、やっぱり付き合うのは無理じゃないかな」

『え。なんで？　べつにいいじゃない、周りなんか放っておけばいいのよ』

「よ……よくないよ!!　女は集団になると怖いんだから!!　私まだ会社辞めたくないし。……これ、やっぱり無理だって断るにはどう言ったらいいんだろう。なるべく社長を怒らせず穏便に済ませたいんだけど……」

『清花、落ち着け。周りに知られたくない、っていうのはわかる。でもそれだけが社長と付き合いたくない理由なら、二人でよく話し合ってバレないように気を配ることは可能だよ？　別に私生活のことなんだから、周囲に話す必要なんかないし。もし結婚したらそのとき報告すればいいだけで』

「けっ、結婚‼　わた、私と社長がけっ……」

『落ち着きなさいよ、たとえ話よ。でも、婚活するんだから付き合った先に結婚があるのは当たり前でしょうが。社長だって、それを承知で付き合ってくれって言ってきたんでしょ？』

確かに、あの社長が一時の気の迷いで私にあんな提案をするとは考えにくい。

ってことは真希の言うとおり、社長は私との結婚もちゃんと視野に入れていることになる。

「……そうなのかな……ほ、本当に結婚するつもりがあるのかな……」

『そこら辺、ちゃんと社長と話してみたら？』

「う、うん……そうする」

通話を終えて、真希の言葉を頭の中で何度も繰り返す。

——さすがに朝のあの会話だけじゃ、社長がなにを考えているのかなんて全然わからない。まず先にそれを確認する必要がある、よね。

当たり前だけど、やっぱりちゃんと話をしなくては。

ほんの少しだけいつもと気分が違う朝を迎えた。それでも普段どおりのルーティーンは変えず支度を終え、出社した。そして、ここ数年変わることなくいつものように行っている朝のルーティーンをこなしていく。

それでも、社長と婚活するのかもしれないと思うと、どうしても気持ちが落ち着かなかった。

——困るな……意識しすぎると、社長と一緒にいてもぎこちなくなりそう……

世間では同じ職場で恋に落ち、そのままひっそりと愛を育み結婚するカップルも多いと聞く。そんな人たちに是非聞いてみたい。社内恋愛してるときって仕事とプライベートをきっちり線引きできるもんなんですか、と。

考えつつも、社長のデスクをピカピカに拭き上げた。いつもお願いしているフラワーショップから生花が届いたので、花瓶に生けてから社長の執務室に持っていく。するとさっきはいなかった社長が出社していて、ドキっとしてしまう。

——いた。

「おはようございます」

花瓶を持ったまま挨拶をする。それに反応した社長がこっちを振り返る。

「おはよう、本永さん」

短い黒髪を綺麗にセットし、いつもと変わらないダークグレーのジャケットに白いシャツと黒いスラックス。今はネクタイが少し緩めだけど、皆の前に出るときはこれがきちんと締められている。

社長がうちの社に初めて挨拶に来たときも、カチッとしたスーツ姿だった。先代社長と一緒に社内の案内をしてから執務室に戻ってきたとき、ジャケットを脱いだ社長のスタイルの良さに驚いた。腰の位置が高くて脚が長く、顔が小さくて全身のバランスがいい。手も大きくて指が長く、すごく綺麗な手だと思った。

こんな男の人が近くにいたら、絶対虜《とりこ》になる女性が出てくる。下手したら、この男性を取り合うような出来事も起こったりして。

なんて思っていた私が、まさかその社長と恋愛するかもしれない日がやってこようとは。

花瓶を定位置に置きながらしみじみ思う。

本当に、こんなことになるとは思わなかった。

「本永さん」

「あっ、はい」

急に声をかけられて、慌ただしく社長を見る。

「昨日お願いしておいた求人の件、どうなった？」

普通に業務に関係する質問だった。その途端、社長を意識しまくっていたのが、ものすごい速さで引いていくのがわかる。

まさに私の中で、お仕事モードのスイッチが入る瞬間だった。

「その件でしたら、人事担当に依頼済みです。ハローワークはもちろんですが、求人情報サイトにも登録すると聞いています」

「そう。とにかく店舗での人材が足りないってのが痛い。今いる社員だけで回していくっていうのもなかなか……」

社長が頭を抱えているこの問題。世間では人手不足が騒がれているが、我が社も他人事ではない。新店舗を出したいけれど、求人を出しても人が集まらない。もしくは、辞めたあとの補充で求人を出しても問い合わせがない……など、なかなか一筋縄ではいかない状況なのである。

「あまりに注目すらされないようであれば、時給を上げることも検討しないといけないね。まあ、その辺は次の役員会で提案してみるけど」

社長がため息をつく。

「あの、もしあまりにも手が回らないようであれば、私もヘルプに行きますよ」

「本永さんが？」

「はい。店舗ヘルプ、何度か行ってますし。秘書業務は最悪他の社員と分担することもできるので」

うちの社員は会社に入ってすぐの頃、実務研修で三ヶ月店舗勤務する必要がある。そこで自分の会社がどういう商品を扱っているのか、どういったお客様が多いのかなどを実際に見つつ、仕事の流れを体で覚えていくのである。

そういう経験があるので、本社でデスクワークをしている社員は、皆店舗での仕事ができる。レジ打ちも、商品のサッカー作業も可能なのである。

「それはありがたいけど、うちの会社でも本永さんがいないと困ることも多いからなあ……もちろん、どうしても人手が足りないときはお願いする可能性もあるんで、一応承知だけしておいて」

「わかりました。いつでも可能ですので、必要なときは遠慮なく仰ってください」

雲雀社長が私の目を見ながら、フッと微笑む。

「そういうことを自ら言ってきてくれたの、本永さんだけだな」

「……えっ。そうですか？」

「そう。まあ、本社の業務だってあるし、あっちもこっちもやれっていうのはなかなか難しいけどね。でも、そう言ってもらえるとこっちは助かるし、素直にありがたいと思うよ」

社長がパソコンを立ち上げて、モニターを見ながらカチカチとマウスを操作する。その動作を目で追いつつ考える。

——店舗業務、結構新鮮でよかったけどな……忙しく走り回るのって嫌いじゃないし、実際にお客様がどの商品を手に取っているのかが直接見えるのは勉強になったし。

それに本社で仕事しているより、店舗で働いていると一日が過ぎるのが早い気がする。あー、今日もよく働いたなあ、って満足感も大きかったような……

あれ。もしかして、私って秘書よりも店舗業務のほうが性に合ってるのかな。

などと考えていると、また「本永さん」と声をかけられた。

「あ、はい。なんでしょうか」

「昨日の件だけど」

真顔のまま、ん？　と考える。

「……昨日の、どの件でしょうか」

「婚活の件」

今の今まで業務がらみの話をしていたから、てっきり業務に関することだと思ったのに。

意表を突かれて、「えあっ⁉」と声が出てしまう。

「こ、こんか……」

「一晩考えてみてどう？　答え出た？」

「こ……答え、は……」

ものすごい速さで昨夜の真希との会話を思い返す。

付き合う付き合わないの前に、社長にもう一度ちゃんと気持ちを確認しなくては。

「それなんですけど。私も、もう一度社長に確認しようと思っていたんです」

「確認？　なにを？」

眉をひそめる社長に、一度ゴクンと喉を鳴らしてから歩み寄った。

「私は、婚活がしたいんです」

「うん、分かってるけど」

あまりにもサラリと口にするので、本当に分かっているのか、いまいちよく分からない。

「い……いやあの、婚活ですよ？　私、結婚相手を探している最中でして……」

「もちろん理解してるけど」

「いいんですか？　その……私と結婚することを前提に付き合うことになるんですよ」

「望むところだけど」

またしてもなんのひっかかりもなく、すらすらと肯定してくれる。

――ほ、本当なの？　でも、本人がこう言ってるんだから、そう……なのかな……

「それならいいんですけど……私は、一時的な恋愛のお相手を探しているのではないので、そこだけは知っておいてもらいたかっただけなんです。しつこく確認してしまってすみませんでした」

謝ったら、クスッと笑われた。

「いや。これまでにアプローチらしきものをしたことがないのに、いきなり俺と婚活しよう、だもんな。本永さんが困惑するのも無理はないかと」

「～～～わかってるなら、なぜいきなり……」

「そりゃ、桜井から連絡もらったのがきっかけだよ。……正直、これまで本永さんには男の影が見えないから，安心しきってるところがあったんだ。だけど、桜井からの電話でいろいろ思い知らされた」

社長がデスクの上で腕を組む。

「自分からいかないと、いつまでたっても欲しいものは手に入らないんだ、とね」

「欲しいもの……」

──それって、私のこと……？

なんだか自分に都合良く解釈してしまう。でも、これは多分そういうことだ。

面と向かってこんな台詞《せりふ》を言われたことなんかない。言うまでもなく、私の顔は今、羞恥で真っ赤になっているはずだ。

「いや、あの……そ、そんなこと言われたら……照れます……」

「すみません。でも、時期的には潮時だった気がする。ここの社長に就任して一年経ったし、本永さんも俺と二人きりでいてもさほど緊張しなくなったみたいだしね」

え、と思わず身を乗り出す。

「緊張……してたの、気がついてらしたんですか？」

「そりゃね。多分、先代の正木《まさき》さんが結構威厳のあるタイプだったからかもしれないけど、わかるよ。だから最初はこちらも距離を取るようにしてた。でもそれは、本永さんだけじゃなくて他の社員に対してもだけど」

「そうでしたか……」

確かに、最初は雲雀社長も先代の正木社長のようなタイプかと思って、かなり気を遣っていた記憶がある。雲雀社長と一緒にいる時間が長くなればなるほど、そうではないと分かって少しずつ緊張せずにいられるようになった。

でも、緊張しているのがバレないよう、普段から口調や態度を変えないようにしていたのに。

――つくづくいろんなところを見てるなあ、この人……

まあ、若くして社長になるくらいだから、それくらい当たり前なのかもしれないけど。

「それにしても、まさか桜井と食事してるとは。聞いたときは驚いたよ」

「その件に関しては、私も桜井さんが社長のお知り合いだなんて知らなかったんです。友人のお世話になっている方からの紹介でしたので」

ていうか、桜井さんが社長の知り合いだと最初から分かっていたら、多分食事には行っていないと思う。社長が嫌いなわけじゃないけど、なんとなく身近な人の知り合いとなると、親密な関係に発展するのは二の足を踏んでしまう。

「なるほど。友人の紹介ね」

「……はい……そうでもしないと、私と食事に行ってくれる男性なんか、そう簡単に見つからないので」

「あのさ」

デスクに肘をつき、手を顔の輪郭に沿わせ頰杖《ほおづえ》をついている社長が、真顔で口を開く。

「いつも近くにいる俺と食事に行くという案は、一度も浮かんだことがないのかな」

「……え？　いや、あの……そりゃ、社長を食事に誘うなんて恐れ多くて」

素直にこう言ったら、社長の顔が一瞬だけ悲しそうに歪《ゆが》んだような気がした。

「ひどいな。社長という役職に就いてはいるけど、俺だって三十二の男だよ。食事に誘ってもらえたら喜んでお供するのに」

「いやいや、お供だなんてそんな」

「桜井ばっかり本永さんと食事に行けて、ずるくない？」

社長が不機嫌さを露《あら》わにする。

一見すると、冗談というかふざけてやっているだけなのかもしれない。でも、彼が社長に就任してからこんな顔をするところを初めて目の当たりにした。

私が混乱したのは言うまでもなく。

——ず、ずるい……!? 社長が私に言ったの!? ずるいだなんて……

本気かどうかわからないけど、機嫌を損ねているのは間違いない。さすがにこの状況はよろしくないと、慌てて取り繕う。

「あの……食事くらいなら、私、いつでもお誘いしますけど」

「え。本当に？　じゃあ、今夜行く？」

「い、いいですよ」

社長の機嫌が直るなら……とあっさりＯＫした。

その瞬間、社長の顔がわかりやすく明るくなった。

「言質とったからね？　本永さん、なにか食べたいものはある？」

「何でも大丈夫です。というか私、あまりプライベートで外食をしないので、どこかいい店があれば教えてもらいたいです、後学のためにも」

なぜか社長の顔が緩む。

「後学のため、というのがなんとも本永さんらしいな。わかった、探しておくから今日は残業しないで上がれるようにしておいて」

「わかりました」

素直に頷き、社長と目を合わせる。

仕事では何度もしているやりとりなのに、なんだか社長の眼差《まなざ》しがいつもと違う気がする。

——これが仕事とプライベートの違いなのかな……？

となると二人で食事をすると、社長はどんな感じで私に接するんだろう。

そのことが気になってしまい、俄然《がぜん》食事に行くのが楽しみになった。


——浮き足立つって、こういうことをいうのか。

いつもどおり仕事をしているはずなのに、なんとなく気持ちが落ち着かなくて、ずっと心がここにないようなフワフワした感覚。

こんな状態になるのが人生で初めてなので、新鮮なような、少し怖いような複雑な気分だった。

取引先との会食に二人で出向いて、隣の席で一緒に食事をするというのは何度かあった。でも、完全に私と社長の二人だけというのは、先代の社長を含めて初めてのことだった。

——二人きりになったら、私は社長とどんな話をすればいいの……？

一年以上雲雀社長の秘書をしているけど、私的な会話はほとんどしてこなかった。あったとしても、仕事がらみの会話でちらりと自分のことを織り交ぜて話す程度なので、相手のことを知るには全くもって足りてない。

そのことに気付くと、自分の対人スキルのなさを痛感して凹《へこ》んだ。

よく考えなくても異性の友人はゼロだし、友達と呼べるのは真希くらいしかいない。これまで仕事の忙しさにかまけて他人との交流をおろそかにしてきたツケが、今ここで露見した。

——……だめだ、もっと修行が必要だわ……

婚活以前に自分に足りないところってこういうのじゃない？　と新たな疑問を抱えつつ、迎えた夕方。

社長に言われたとおり、残業をする必要がないようにきっちりと全ての仕事を終えた。ついでに自分のデスク周りと社長のデスク周りを片付けする余裕もあった。

全てのことを終えてから社長室に行くと、社長もパソコンの電源を落とし、すでに外出の準備を終えていた。

「お疲れ様です」

「ああ、お疲れ様。店は予約しといたよ。もう出られる？」

ジャケットを羽織りながら、社長が微笑んでいる。

普段は立場が逆なので、なんだか申し訳ないような複雑な気持ちになってしまった。

「はい。本来なら私が店の予約をするべきなのに、申し訳ないです」

「いや、これはプライベートだから。申し訳なく思う必要はないよ。行こうか」

チャリ、と車の鍵を手にした社長が、執務室のドアに向かう。私もその後を追って執務室を出た。

社の方針で残業をする場合は申請が必要なため、終業後の社内に残っている社員はごくわずか。

お陰で社長と私が一緒に外に出て行こうとしても、気にとめる人はいない。皆、お疲れ様ですとだけ挨拶をして、また自分の仕事に戻っていく。

——まあ、社長が秘書とどこか行くっていうのは、社員からしたら当たり前すぎて誰も気にしないよね……

心の中で納得しながら、社長の車が停《と》まっているビルの地下駐車場に移動した。

基本的に雲雀社長は取引先との商談や会食には、アルコールを飲むなどの事情がない限り自分で車を運転する。

かといって繁忙期や、明らかに社長の顔に疲労の色が滲《にじ》んでいるときは運転を勧められない。だから過去に一度だけ、私が代わりに運転しますと申し出たのだが、丁重にお断りされてしまった。

ちなみに私はペーパードライバーではない。

大学一年の夏休みに地元で運転免許を取得して以来、帰省すると必ず運転して、勘が鈍らないようにしている。というか地元が田舎なので、車に乗れないと生活に支障が出るからだ。

だからペーパードライバーではありません、ちゃんと運転できますよ。と雲雀社長に訴えたけれど、彼は頑として首を縦に振らなかった。

——も、もしかしてすごく運転が下手だと思われてるのかな……

だとしたら心外だ……とモヤモヤしながら社長の車に乗り込んだ。いつもと同じ助手席にするっと滑り込んだ社長の車は、黒塗りの高級国産車。今流行りの大きなSUVで、車内はいつもすっきりと片付き、広々としている。まるで納車したてのよう。

「社長」

「はい」

「どこに行くのでしょうか」

質問すると、うーん、と社長が声を漏らす。

「個室でゆっくり話ができて、うまいものが食べられる店」

——なるほど、わかりやすい。

「急だったのに、よく見つかりましたね」

「ツテはいくらでもあるんで。それと、本永さん」

「はい？」

「あれから桜井と連絡は取り合ったの？」

前を見据えながら淡々と話す社長に、少し気まずい思いで口を開く。

「いえ。私から直接というのはどうしても気まずくて……なので、この後のことに関しては友人にお願いしてしまいました。桜井さんにはすごく申し訳ないんですけど……」

「ふうん」

「すごくよくしていただいたので、本当は直接お詫《わ》びしたかったんですが」

「んー。本永さんのいいところと、だめなところが出たね」

「えっ!!」

思わぬダメ出しに、運転席にいる社長に体を向け、凝視する。

「丁寧なのは素晴らしいことだ。相手の印象だっていい。仕事なら素晴らしいと賞賛されるところだけど、桜井のことに関しては仕事ではない、プライベートだ。果たしてそこまでする必要があるかな？」

「と、いうのは……」

雲雀社長がウインカーを出し、左にハンドルを切った。

「恋愛が絡んでいる以上、必要以上に相手を気遣うとあらぬ誤解を呼ぶことがある」

「……えっ」

「本永さんは、桜井とは付き合えないと決めたんだろう？　だったらそこまでする必要はないんじゃない？　会ってしまったら、桜井の気持ちを刺激する可能性だってある」

「気持ちを刺激……わ、私がですか？」

ちょっと意味がわからない、と混乱していると、隣ではあ……とため息をつかれた。

「本永さんは、自分が同僚や異性からどう見られているかわかってない、ってことが言いたかっただけ」

「同僚や異性、ですか？　あまり好かれていないのは知ってますけど……」

「は？　そんなことないだろ」

社長がわざわざこちらに視線を送り、怪訝そうに目を細めた。

違うと言ってもらえるのは嬉しいけれど、残念ながらこれは事実。私はため息を漏らしながら、小さく首を横に振った。

「いえ、私、若い女性社員からは堅物と言われて距離を置かれています。社長に就任されて一年経ちましたし、なんとなくお気づきかと思っていたんですが」

いやいやいや、と社長が右手をハンドルから放し、すごい速さで左右に振った。

「堅物云々《うんぬん》なんて聞いたことないよ。俺が聞いたのは、できる女性のお手本みたいな女性で、憧れる、ゆくゆくは自分もああなりたい。っていうヤツで」

「え……ええ⁉　そんなのありえないです、なんで好きこのんで私みたいな地味な女にならなきゃいけないんです？　超面倒な女ですよ私。趣味ないし、休みの日は家で涅槃《ねはん》像みたいに床に寝っ転がってテレビ観てるだけですし」

驚きのあまり普段思っていることを暴露し、加えて休日の姿まではっきり口に出してしまった。

その途端、ずっと真顔でハンドルを握っていた社長が、ぶっ!! と勢いよく噴き出した。

「え、ちょっと。本永さん。なんかキャラが……涅槃像ってマジ?」

「はい……ていうか、本来の私はそっちなので。会社での堅物キャラこそが、仮の姿というか」

「仮の姿……」

社長が口元に拳を当て、笑いを堪《こら》えている。

その様子を無言で眺めていたら、あることが頭に浮かんできた。

――あ、もしかしてこれで、社長、私と付き合いたいっていうの撤回するかな……?

きっと社長が惚れ込んでくれたのは、私が意図的に作り上げた堅物秘書の本永清花のほう。

本来の私を知ったら、やっぱりなしで! みたいな話になったりしないだろうか。

「社長は、堅物キャラの私を気に入ってくださったんですよね? だから、もし想像していた私と違うっていうのなら、はっきり言ってくださって大丈夫ですよ。今ならまだ……」

引き返せると言いかけたとき。社長が堪えきれないとばかりに「あっはっは!!」と声を出して笑い始めた。

いきなり本気で笑われて、素で驚いてしまう。

「え。あの……急にどうしました?」

「いやあ……面白い。いいよ、本永さん。どっちかっていうと俺はこっちのキャラのほうが好きだ」

「えっ!!」

想定外の返答に思わず眉根を寄せて社長を見る。

「本気で言ってます？」

「もちろん本気だけど。なんでそんな顔してるの」

「だって……社長みたいな人の恋人って、もっとキラキラした女性のイメージだったので」

キラキラ？　と社長が呟く。

どうやら私が言ったことがあまりよく理解できていないらしい。

「そのキラキラっていうのはよくわからないけど、俺からすれば本永さんだってじゅうぶん輝いてるけどな」

「またまた。気を遣わなくっていいですよ」

絶対嘘だ。と心の中で断言する。

そんなの言われたこともないし、思ったこともない。自分は、常にキラキラした人からは真逆の位置にいる人間だと思っているから。

「いや本当にそう思ってるんだけど……ていうか、本永さんは結構自分に自信のないタイプだったんだね？」

「自信は、仕事に関しては経験で得たものがありますのでそこそこ持っています。でも、自分に関しては、あまり……」

だって、本当に自信なんかないもの。ない袖は振れない。

車内がシーン、と静まり返る。なんとなく、空気が重くなったような気がして気まずい。

「うーん、なかなか手強《てごわ》そうだな……」

社長がぼそっと呟く。

「何がですか？」

「いえ、なんでもないです。あ、そうだ。食事の前に少し寄り道するけど、いいかな」

「はい」

何の気なしに返事をしてから数分。

車は大通りから一本脇道に入り、この辺りでは大きなターミナル駅の近くにやってきた。駅の裏側にある立体駐車場に車を停め、社長に誘われるまま後ろをついて歩き出す。

「寄り道したいというのは、買い物ですか？」

立体駐車場を出て、駅ビルに向かうならばこの先を右に曲がらなくてはいけない。だけど、社長が右に曲がる気配はない。この先をまっすぐ進むと、あるのは商店街だ。

「買い物というか……実は、これといった目的はないんだ」

「え」

「ただ、本永さんとデートのようなことをしてみたかった。それだけ」

振り返った社長が、私を見て微笑む。

「えっ、で、デート、ですか……!!」

「そう。この駅周辺ならうちの社の人もいないだろうし、そこに商店街があるだろ？　予約した店がその商店街の中にあるから、デートがてら道中をぶらぶら歩いてみようかと」

どう？　と念押しされてしまい、反射的にはい、と返事してしまった。

というか、社長が予約した店が商店街の中にあるというのが興味深かった。

――どんな店を予約したんだろう？　実はまだ詳細を聞かされてないんだよね……聞けば済むだろうけど、向こうが言わないというのはなにか事情があるようにも思えてしまう。

――だったらまあいいか。とりあえず、今はこの時間を楽しもうかな。

なんせここは来たことがない商店街。

いまどきの若者が好みそうなカフェのチェーン店だったり、アイスクリームの有名店、ピザ店などが連なっている。もちろんそれだけでなく、そういった店と店の間には、昔からこの商店街で営んでいそうな中華料理店だったり、大衆食堂や焼き鳥屋なんかもある。かなり年季の入った建物と外装からして、ここは古くからある商店街なのだろう。

「へえ……私、ここ初めて来ました。なんだか懐かしい香りのする商店街ですね」

「うん、実は俺この辺が地元なんだよね」

「えっ!?　そうだったんですか!?」

隣にいる社長を勢いよく見上げた。都内出身だというのは知っていたけれど、この辺りだというのは初耳だ。

「そう。だから、これから行く店も学生時代から知ってるところなんだ。美味《うま》い店だから、是非本永さんにも食べてもらいたくて」

「そうだったんですか……」

社長だからてっきり、【ザ・社長の行きつけ】みたいな、お洒落《しゃれ》な一軒家のレストランとかを紹介してくれるのかと思い込んでいた。でも、違った。

――まさか地元のグルメとは……意外だ……

ここが社長の地元だと知ると、また見え方も変わってくる。雲雀少年がこの商店街でお買い物をしている姿とか、学校帰りに買い食いをしている姿を勝手に想像して、ほっこりしてしまう。危うく学生時代の彼女とデートしている姿まで浮かびそうになって、慌てて妄想を止めた。

「で、予約した時間までもう少しあるんで、ちょっと寄り道したいんだ。ここどう？」

「へ？」

社長が立ち止《ど》まったので、何気なくそちらに目を遣《や》る。社長の目線の先にはゲームセンターがあった。

「ゲーセンですか」

「そうなんだ。この店、学生時代によく来たんだよ。それに学生のデートの定番みたいなものでしょう？」

「いや、あの。私、三十路《みそじ》手前の女なんですが……」

学生のデートでは定番かもしれない。でも、私はどう見たって学生じゃない。それに私自身、ゲームセンターに行った経験は一度か二度。

はっきりいって、場違いもいいところである。

「まあまあ、そう言わずに。やってみると年齢なんか忘れるよ」

いきなり隣からにゅっと手が伸びてきて、手首を掴まれる。

「え、あっ」

有無を言わさず手を引かれたまま、ゲームセンター内に連れ込まれてしまった。

入った瞬間から大音量のゲーム機にうわ、と目を奪われる。クレーンゲームに夢中になっているのは学校帰りの学生さんや、若い男女。別の場所に目を遣るとアーケードゲームコーナーがあり、周りなど全く眼中にないとばかりにゲームに夢中になっている男性など様々だ。

——ゲ、ゲーセン……これが今の……

慣れない場所に呆気《あっけ》にとられる。

多分、最後にゲームセンターに行ったのは十代の頃ではないだろうか。大きなショッピングモール内にあるゲーセンで、たまたま好きなアニメのキャラクターグッズがクレーンゲームにあると知り、貯《た》めていたお小遣いを惜しげもなく使いグッズを取ったことがある。でも、必要以上にお金を使ってしまい、自戒を込めてそれ以来立ち寄らないようにしていた、という。

ほんの少しだけ寂しい思い出も混じっている。

「懐かしい……ていうか流行りのキャラが全然わからない……」

これぞジェネレーションギャップ……

クレーンゲームの前でぼーっと中の景品を見つめていると、ガラスに映っている自分の姿の横に社長が現れた。

「なにかやる?」

「あ……いえ、私は結構です。やったところで取れないと思いますし」

一つ一つクレーンゲームを覗《のぞ》き込んでいた社長が、とあるクレーンゲームの前で立ち止まった。

「手始めにこれだったら取れそうかな……」

彼が見つめるガラスの先には、癒やし系キャラクターで有名なペンギンのぬいぐるみがある。

大きさは高さが約三十センチ、横が二十から二十五センチほどだろうか。

「もしかして、チャレンジするんですか?」

「うん、なんとなくだけど、これだったらいけそうな気がするんだよね……ま、やるだけやってみるか」

ジャケットから財布を取り出し、小銭を入れてゲームスタート。アームを動かすボタンを一度押して位置を決め、二度目のボタンをアームを確認しつつ押し、決定ボタンを押した。

音を立てながらアームが開き、ペンギンの脇腹辺りを掴んだ。アームはそのままペンギンをしっかりとホールドし、取り出し口の穴の上でぱかっと大きく開いた。

なんと、雲雀社長は一度の挑戦で見事、ペンギンをゲットしてしまった。

「やった」

静かに喜ぶ社長の隣で、私は猛烈に感激しすぎて声が出せずにいた。

――す……すごいっ、一回で取るなんてすごすぎる……!! 身近なところに神がいたなんて……

「……ちょっと、本永さん。俺を見る目が怖い。今までそんな目で俺を見たことないよね」

「いやあの、びっくりしてしまって。社長にこんな才能がおありだったなんて……」

「才能なのかな。ま、いいや。じゃ、これは本永さんにあげます」

どうぞ。とゲットしたばかりのペンギンを手渡される。

取りたてほやほやのペンギンが、なぜだか輝いて見えた。

「いいんですか？　せっかくの記念品を……」

「もちろん。むしろもらってくれると嬉しい」

「では、遠慮なくいただきます。ありがとうございます……」

――わー、もらっちゃった。嬉しい……

このキャラクターが特別好きだったわけじゃない。でも、人からなにかをもらうということ自体が久しぶりで普通に嬉しかった。私にとって特別なペンギンになりそうだ。

枕元に置いて寝よう……とペンギンを見つめていると、いつのまにか社長が違うクレーンゲームの前に移動していた。

「これだったら本永さんでも取れるんじゃないかな」

「え。どれですか」

ペンギンを抱きかかえたまま社長の隣に移動。彼がじっと見つめている商品は、最近人気のアニメのキャラクターだった。あまりに人気でよくテレビＣＭなどで目にするので、私ですら知ってるキャラがいる。

確かに社長が勧めてくるように、取りやすそうな位置に置かれた箱がある。きっと社長ならこれを取ることなどたやすいだろうが、初心者の私には厳しいのではないか？

「いやこれ、私じゃ無理ですよ。箱ですよ？」

「箱の横にアームを引っかけられるような穴が空いてるでしょう。あそこに引っかけて持ち上げて、落とすんだよ」

「穴……？　アームを引っかける……？」

ガラスの向こうにある箱をじっと見て、イメージトレーニングをする。

社長の言うようにしっかりやれば、この箱はゲットできる……のか？

仕事でもここまで考え込んだりしない。久しぶりにめちゃくちゃ頭を働かせる。

「わ、わかりました……!!　やってみます」

決意したら、いつのまにか両替を済ませた社長がチャリチャリと小銭を投入していた。

「はいどうぞ」

「えっ、あ、はいっ！」

お金も入ってしまったし、もうやるしかない。ガラスにへばりついた私は、アームを確認しながら微調整する。まず左右。そして前後。

「こ、これでいいですかね？」

「いいんじゃない？　やってみて」

監督のように横に立ち、なぜか嬉しそうな社長に一度視線を送ってから、決定ボタンを押した。祈りながらアームの行方を見守る。第一関門ともいうべき穴にひっかかってくれるのかどうかを、息を潜めてじっと待つ。すると、奇跡のごとくアームの先端が穴に入った。

「やっ……」

やった、と拳を握りしめかけたそのとき。片方のアームの先端が穴に入りきっていなかったせいで、少し持ち上げたところで落下してしまった。

「あーっ!!」

本気で残念がっていると、隣の社長がぶはっ、と噴き出した。

「やばい。悔しがる本永さんを初めて見たかもしれない」

「……初めて見せたかもしれません……」

これまではとにかく、いつも冷静な秘書であることを徹底してきた。感情を露わにした姿など、見せるわけがない。

そんなことは置いておき、今はゲームだ。こんな悔しい気持ちのままじゃ帰れない。

「社長、もうお金入れなくていいです。私、自分で払いますから」

「おっ。やる気だね」

「当たり前です。なんとしてもこの景品をゲットしてみせます」

それから数回、私は完全に自腹でクレーンゲームにチャレンジした。最初がまあまあ好感触だったのですぐにゲットできるかと思いきや、これが意外と難しい。

気がつけば両替したばかりの小銭も底をついてしまった。

「くっ……だめだった……悔しい……」

クレーンゲームの前で項垂《うなだ》れていると、すぐ隣からチャリン、と小銭を入れる音が聞こえてきた。

「じゃあ、これは俺から。ダメ押しのラストチャンスだ」

——ラストチャンス……！

「ありがとうございます、頑張ります」

社長の厚意に感謝しながら気合いを入れ直す。意識を指先に集中し、さっきまでの数回で得た感覚で再度チャレンジした。

アームの先端がうまく穴にはまり、上手《うま》い具合に持ち上がった。そのままそのまま、と祈っていると、願いが通じたのかアームは箱をしっかりホールドしたまま、取り出し口の上で大きく左右に開いた。ガタン、という音が聞こえた瞬間、喜びのあまり全身から力が抜けていった。

「やった……！」

社長が先に取り出し口から箱を出し、私の前に掲げた。

「おめでとう」

「社長、私、やりました……！」

「大げさな」

社長がまた笑う。でもいい、気にしない。

箱を受け取り、中身をまじまじと見る。本気であまり知らなかったキャラクターだけど、自力でゲットできたことで一気にこのキャラが好きになった。

——推しになりそうだわ。これもしばらく枕元に置いて寝ようっと。

ものすごく嬉しいけど、あまり表に出さないように堪えた。気を緩めると口元が笑ってしまう。

「もっと遊んでいたいけど、そろそろ予約した時間になるんだ。行こうか？」

言われてハッとなって腕時計で今の時間を確認する。確かに、商店街を歩き出してからもうじき一時間が経過するところだった。

「あっ、すみません!!　私がクレーンゲームに没頭してたから……」

「いや、むしろ夢中になってる本永さんを見ることができて嬉しかった。本永さんも、感情を表に出して夢中になることがあるんですねえ」

――今はただただ、恥ずかしい……

バッグの中に入っていたエコバッグを広げ、ゲットした景品を入れて肩にかけた。

話しながらゲームセンター内の通路を出口に向かって歩いて行く。周囲にいる若い男女や、学生のグループをうまく交わしながら歩く雲雀社長の背中を眺める。

――なんかすっかり童心に返っちゃったわ……これってもしかして、初めてのデートで若干緊張している私の、緊張をほぐすためだったのでは……？　なんて。考えすぎかな。

社長と食事を二人きりでしたことはないけれど、車に乗って外出することは何度もあった。今更二人で食事をすることに緊張するなんて、きっと社長は気付いてないか。

「お腹空《なか》いた？」

再び並んで歩き出すと、社長が顔を覗き込んできた。

「はい。すっかり」

「よかった。じゃ、思う存分食べて。ここです」

ゲーセンからさほど離れていないところにある、中華料理店。間口は狭いけど、外見は結構綺麗だ。それに換気扇から漂う中華料理の匂いが食欲をそそる。

「この店が社長にとっての思い出の場所なんですか？」

「そう。学生の時はもっと古びていて、趣のある外見だった。でも、数年前に改装したらしくて、古さは感じられなくなったけど、味は昔のままなんだ」

へえ〜、と思いつつ店のドアを開け中に入っていった社長に続く。

カウンターとテーブル席が数席だけの、小さな中華料理店。カウンターの中に立っているのは、明らかに私や社長の親くらいの年代の男性と、若い男性。親子にも見える。席は八割以上が埋まっており、カウンター内の男性二人は忙《せわ》しなく中華鍋を振り続けている。

店内に充満するごま油と中華スープの香りに、ムクムクと食欲が湧いてきた。

——わー、いい香り〜。お腹空いてきた〜

「こんばんは。雲雀です」

「いらっしゃい！　どうぞ、一番奥の席に」

年配の女性店員さんがいち早く社長に気づき、奥を手で示す。社長は勝手知ったる感じで奥に進んでいくので、それについていく。

——あ。ここにも席があるんだ。

てっきりドアを開けたときに見えた範囲だけかと思っていたら、奥にも席があった。畳敷きの座敷席が数席ある。

靴を脱いで座敷に上がった社長は、【予約席】という札が置いてある席に座った。

「社長はこの店を知り尽くしてるって感じがします」

言ってるそばから社長は、テーブルに置いてあるポットからコップに水を注ぎ、私に手渡してくれた。

「まあ、何年も通ってりゃね。はいメニュー」

ぱっと広げて見せられたメニューは写真付き。どれも美味しそうなので迷っていると、社長から「この店は量が多い」と聞かされてますます悩んでしまう。

「どうしましょう……目移りします」

「俺はチャーハンセットかなー。チャーハンとラーメンが一度に食べられるから、昔から悩んだときはこれにする」

なるほど。確かにお得感いっぱいだ。

「じゃ、じゃあ私、麻婆《マーボー》ラーメンで。これなら麻婆豆腐とラーメンが一度に味わえてお得そうなので……」

「俺の真似《まね》したな」

クスッと笑って、社長が席を立つ。どこへ？　と思っていると一度座敷から姿を消した社長が、すぐに戻ってきた。

「オーダーしといたから」

「あ……ありがとうございます」

「いやいや。店が忙しいときはいつもこうしてたんで、癖みたいになっちゃって」

彼が笑いながら水を飲み、コップを置く。軽く腕まくりしたシャツから覗《のぞ》く腕のたくましさに目を奪われていると、不意に目が合った。

「で、どうですか。俺とのデートは」

いきなり聞かれて、思考が停止した。

「どう……でしょう……？」

「楽しいとか、つまんないとか。一緒にいるのが苦痛とか」

「いやいや、楽しいですよ！　ゲーセンなんかすごく久しぶりで、若い頃を思い出しました。たまにはこんなのもいいなって思いました」

話している間ずっと真顔だった社長が、安心したように頬を緩ませる。

「そうか、よかった。本永さんを楽しませるにはどうしたらいいのか結構悩んだんだ。でも、これで正解だったってことでいいのかな」

「そんなに悩まれなくても。私、気難しい人間じゃないんで大丈夫ですよ」

「そうなの？」

社長がグッと身を乗り出す。

「……気難しいっていうより、圧倒的に男性に慣れていないだけなんです。だから正直言って、デートも何をしたらいいのかあんまりわかっていなくて」

ふーん、と社長が頷く。

「まあ、一般的にデートと言われて頭に浮かぶのは、二人きりでテーマパークに行ったりとか、映画、食事、ドライブとか？　まあ、一緒に行動すりゃそれがもうデートだよ。お洒落かどうかはさておき」

「なるほど……」

「そうそう。好きな人と一緒にいられたら、なんだっていいんだよ」

「なるほど!!」

さっきから社長の言葉になるほどを連発してしまっている。ちょっと恥ずかしくなってきた。

「すみません、私、いい年してそういうの疎くて。なんか、中学生みたいですね」

「んー。でも、そうやって自分の事を客観的に見られるのはいいことじゃないかな。それに、吸収も早い。さっきのクレーンゲームもそうだけど、ブランク長いわりにはちゃんと景品ゲットしてるし、やり始めると身につくのが早い。それって結構すごいことだと思うよ」

――褒められてる。やばい、嬉しい。

「ありがとうございます……」

恥ずかしいのと嬉しいのとで、だんだん顔が熱くなってきた。とっさにコップを掴み、水を飲んで気持ちを落ち着けようとしたけど、そう簡単に落ち着いてはくれない。

「社長、今夜はやけに優しくないですか……?」

「え。俺、いつも優しくない?」

社長が目を丸くする。

「もちろん優しいです。でも、今夜は格別優しいと思ったんです」

「そりゃ、好きな女性が一緒だったら、優しくするのは当たり前でしょう？　それがデートだよ」

好きな女性、というところでどっきん、と心臓が大きく跳ねた。

「あの、そこなんですけど。社長はどうしてその……わ、私を好きになってくれたんでしょうか」

「聞かれると思った」

勇気を振り絞って尋ねたら、秒でこう返ってきた。

「いやだって、知りたいですよ。うち、若い女性社員多いじゃないですか。それなのになんで私なのかなって……」

「一緒にいる時間が長いっていうのが一番の理由だと思うけどな。接している時間が長ければ、相手のいいところが自然と見えてくる。だから好きになるのは自然なことじゃないかな」

分厚い木製のテーブルに手を置き、長い指でテーブルを軽くトン、と叩く。社長の仕草がいちいち絵になっていて、意識がそっちに持っていかれそうになる。

「私のいいところって、ど、どこですか……」

「え」

社長がまるでそれを聞くの？　と言わんばかりの顔をする。

「いやあ……それはよくない？　俺だって言うの恥ずかしいよ」

「ええ。だって……気になります……」

「……まあ、強いて言えば仕事に対して誠実なところ？　あと、来たばかりの俺に気を遣って優しく接してくれたことかな」

明かされた内容は、どれもちゃんとしているというか、恥ずかしいことなどなにもない。

「……恥ずかしいことが、どこにあるんです？」

「実は他にもあるけど、秘密」

「ひ、秘密……。それにしても私、全然気がつかなかったです。その、ご迷惑でなければ一体いつからなのか、お伺いしても……？」

じっと見ながら尋ねたら、観念した様子で社長が口を開く。

「最初に会ったときから本永さんには好印象を抱いてたよ。とはいえ、すぐに秘書を口説くなんてことは、社長という立場上できなかった。うちは先代社長の色が濃く残っていたし、彼だからこの会社に入ったという社員も多かったからね」

「それは、わかります……」

雲雀社長の言うことには納得しかなかった。

確かに先代の正木社長はいわゆるカリスマ性があって、彼の元で仕事をしたい、彼の会社に入りたいという社員は少なくなかったから。

「そういう社員達の信頼を得るためには、とにかく社員に対して誠実であることが必須だった。少なくとも一年は、プライベートな問題を起こしたくはなかったんだ」

「そうですね。それは、大事かと」

確かに雲雀社長の言うとおり、先代社長がいなくなってしばらくの間、社員は不安な日々を過ごしていたと思う。

先代のお墨付きだからといって、この社長を信頼してもいいのか。この人についていった先に、ちゃんと未来はあるのか。疑心暗鬼になっている社員も数名いた。実際、雲雀社長になってから辞めてしまったり、先代社長のところへ行ってしまった社員は存在する。

「それに、気持ちを伝えるのが遅くなった一番の理由は本永さんだよ」

「え。私……ですか？」

「そう」

社長が頷く。なにが!?　と理由を聞きたくて前のめりになっていると、座敷に大きなトレーを持った女性スタッフがやってきた。

「はい、お待ちどおさま～」

私の前に麻婆ラーメンが置かれた。大きな丼の縁ぎりぎりまで載せられた麻婆豆腐がすごい。

釘付《くぎづ》けになっていると、今度は若い男性店員さんがやってきて社長が注文したラーメンとチャーハンがテーブルに置かれる。そっちもなかなかのボリュームで、さっきまでの雰囲気が一転。頭の中が料理でいっぱいになってしまった。

「すごいボリュームですね……でも、いい匂い～」

「早速食べようか」

ケースから割り箸を渡され、それを割ってお互いにいただきますと手を合わせた。

さっきの話の続きが気になりはするけど、目の前の麻婆ラーメンを放って置くことは不可能だった。軽くスープを飲んだら思っていた以上に熱くて、危うく火傷《やけど》しそうになる。

「あっつ！　これ、すぐに食べられないです」

「あんの部分は熱いよな……俺も経験あるけど。でも美味いから食べちゃうんだけどな……」

わかる。と心の中で頷きながら再トライ。麺を下から掬い出して啜《すす》ると、麻婆豆腐の辛みと鶏《とり》ガラのスープがマッチしていて最高の味わいだった。一口食べるとやみつきになる味だ。

「これは……美味しいです、すごく」

「でしょ。チャーハンも美味いんだよ、よかったら食べてみて」

勧められたので、自分のトレイに載っていたレンゲを使い、一口だけいただいた。お米はしっとりとしているのにパラパラで、絶対に自分じゃできないクオリティ。味もちょうどいい。

「美味しいです……!!」

「ね」

社長の手が止まらないのも納得の美味しさだった。もちろん私も麻婆ラーメンがのびないうちにと、一心不乱で食べ進めた。その結果、ちょろちょろと会話はあったものの、さっきの理由を聞くこともなく料理を食べ終えた。

——めちゃくちゃお腹いっぱいです……!!

今はもうデザートすら入らない。お水を飲んで落ち着いてから店を出た。

「ごちそうさまでした……!! 本当に、すごく美味しかったです」

「いえいえ。よかったらまた一緒に行きましょう」

「は、はい……ありがとうございます」

ちょっと返事しにくかったけど、またあの店には行きたい。頷いたのは本心だ。

来た時からだいぶ時間が経っているので、商店街も明かりが消えている店がちらほら出てきた。

私達が遊んだゲーセンはまだ営業中だけど、近くにあったカフェはもう閉店していた。

それよりも、さっきのことを聞かなくちゃ。

思い出してすぐ、そのことを口にした。

「あの、さっきの話なんですが……」

「ああ、理由は本永さんにあるっていうやつね。それはさ、本永さん最初、俺のことすごく警戒してたでしょ」

「……えっ？ 警戒？ してないと思いますが……」

警戒していたという自覚はない。そういうのではなく、新しい社長とうまくやっていかないといけないと自分に言い聞かせていたせいもあって、若干接し方が硬くなっていたのはある。

否定したのに、社長が悲しげに首を横に振った。

「してたよ。自覚ないんだなあ……本永さんは、絶対に俺に隙を見せまいとしてた。だから、親しくなりたいと思ってはいたけど、ずっと我慢してたんだ」

多分、気を張っていたのが警戒していると思われたのだろう。

私自身には全くそんな気がなかったので、これは申し訳なかった。

「……すみません……そんなつもりはなかったのですが……」

「でもまあ、社長と秘書という出会い方だったから仕方ないけどね。それにそのうち気持ちも変化する可能性があるから成り行きに任せようと思っていたんだ、最初は」

「……最初は？」

歩いていたらいつの間にか駐車場に戻ってきていた。こういった場所は声が反響するので、あまりにも私的な会話は憚《はばか》られる。それは社長も同じだったようで、車に乗り込むまでの間、会話が途切れた。

——その後どうなったのかを早く聞きたい……

悶々《もんもん》としながら車に乗り込んだ。エンジンをかけて、ハンドルに手を置いた社長が、何かいいたげにこっちを見る。

「好きになる条件ってなにかと問われると、俺の場合は居心地の良さだと思う」

「え？」

「いくらどんなに美しい人でも、気疲れするようなら一緒にいたいと思わない。かといって話がかみ合わない人はストレスがたまる。だとしたら、少ない会話で理解しあえるような相手が自分にとってはベストかなと」

「なるほど……」

社長の言うことは理解できる。

私だってどんなイケメンが近くにいても、ナルシストとか自慢話ばかりだったらげんなりするし、キレるかもしれない。それを考慮すると、好きになる条件って顔だけじゃないなって思った。

社長が静かにアクセルを踏み込む。スー……と静かな音を立て、車が駐車場スペースを出る。

「君と仕事をするようになって、何度目かの外出のとき。二人でいても気持ちが楽で、居心地がいいことに気がついたんだ」

「そうなんですか？」

聞き返したら、静かに頷かれる。

「もちろん全く気を遣わないわけじゃない。最低限の気は遣うけど、一緒の時間が心地いい。いつまでも一緒にいたいと思えたのは、家族以外で本永さんが初めてだった」

「いやあの、そんな人、きっと他にもいます。私だけじゃないのでは」

「なんで信じてもらえないんだろ」

隣からクスクスと笑い声が聞こえてくる。

「本永さん、本当に自分に自信がないんだね」

「はい、そりゃもう」

きっぱり肯定したら、また笑われる。

「経験値がなさすぎるんです。いくら相手が社長でも、仰ったことをまるっと全部信じていいものかどうか。そこにものすごく葛藤しています」

「確かにその見極めは大事だ。女性の中には好きな相手の言うことをすべて正しいと思い込んでしまう人もいるようだけど、それは違うと思う」

ホッとしたのも束《つか》の間《ま》、すぐ次の言葉が飛んでくる。

「でも、本永さんはちゃんと自分で見極めることができると思ってる。俺はね」

「……その根拠はどこにあるんですか？」

「勘」

そこまで言っておいて、勘なの？　と肩透かしを食らう。

「でも、君は先代社長の正木さんの秘書をずっと一人で担《にな》っていたくらいだから、咄嗟《とっさ》の判断力は優れていると思う。彼の仕事を引き継ぐとき、なにかあれば本永さんの意見を参考にしろって言われたし」

「え。そんなこと言われたんですか？　初耳……」

雲雀社長の秘書になって結構経つけど、初めて聞いた。

――正木さんが陰でそんなことを言ってたなんて……

驚きはしたけど、咄嗟の判断力という単語を頭に浮かべていたら、桜井さんの顔が浮かんできてしまった。咄嗟の判断って、この人とはセックスできない、っていうヤツか。

「思い当たることがあった？」

桜井さんとのことは言えない。それはグッと呑み込み、正木社長とのエピソードを思い出す。

「うーん……店舗のデザイン案とかをいくつか提案されたとき、正木さんにどれが好み？　って聞かれることはありました。ぱっと見ていいなって思ったものをそのまま採用されたりっていうのが何回かあった、かな」

「本永さん、センスいいから。その腕時計とか」

「……これですか？」

腕時計がはまった左腕を体の正面に持ってくる。

これは伯母が就職祝いに買ってくれたものだ。国産で、メーカー名を聞けば誰もが知っていると頷くだろう。デザインもシンプルで、とにかく文字盤が見やすいものが欲しかったのでこれを選んだ。

「シンプルなデザインは本永さんの服装によく合っている。そしていいものを大事に長く使うのは、個人的にとても素晴らしいことだと思っているので。そういうところも好きなんだ」

さりげなく言われて、即座に体が熱くなった。

辺りが暗くてよかった。これなら顔が赤くなっていてもバレないから。

「ほ……褒め過ぎです」

「そりゃね、好きになってもらいたいからこっちも必死なんだよ」

「必死ですか？　雲雀社長が？」

「もちろん。恋愛の駆け引きなんて、誰だって必死じゃないか？」

――そういうものなのか。雲雀社長でも必死になるなんて……。

「だから早く俺のことを好きになってくれると嬉しい」

きっぱり言われて、ただ俯《うつむ》くことしかできなかった。それは、困っているからとか恥ずかしいからとか、そういった理由ではなかった。

――雲雀社長にこんなことを言わせているのが、私だなんて……これ、夢かな。

あとから嘘です!!　なんて言われたりしないだろうか、と本気で不安になった。それくらい、今自分の身に起きていることが信じられなかった。

周囲から堅物や地味、と言われてきた私が、雲雀社長みたいなキラキラした人にこんなことを言ってもらえる日がくるとは。人生って、なにが起こるかわからない。

「あの……早めにお返事できるよう、頑張ります……」

言ってから頑張るってなにを？　と疑問に思ってしまった。でも社長は笑ったりしない。

「うん。待ってる」

その言葉が、何度も胸の奥でループする。

雲雀社長は、仕事の面での決断は早いほうだ。ほぼ直感で決めているといっていい。そんな社長が、私の返事を待ってくれている。これって、完全に私のペースに合わせてくれているということだ。

そんな社長の優しさに小さくときめいた。

——雲雀社長って、本当にいい人だな……

これまでにも何度か出先からそのまま私のアパート近くに送ってもらったことがある。よって、今夜も社長は迷うことなく私のアパートの近くまで辿《たど》り着《つ》いた。社長が近くにあるコンビニに買い物があるからと車を停め、そこでお別れすることになった。

「今夜はありがとうございました。ご飯も美味しかったし、景品もゲットできて、すごく楽しかったです」

「どういたしまして。また行こうよ。今度は違う店を探しておくから」

「はい、ぜひ。では……お、お疲れ様でした」

普段の癖で別れの挨拶がお疲れ様でしたになってしまう。でも、社長はただ微笑むだけだ。

「はい。お疲れ様でした。また」

もう一度頭を下げてからアパートに向かって歩き出す。アパートまでは直線距離で五十メートルほどなのだが、なんだかまだ社長の視線を感じて十メートルほど進んだ辺りで振り返ってみた。すると、社長がまだこっちを見ているではないか。

「……!?」

びっくりしている私に構わず、社長がヒラヒラと手を振っている。

——もしかしてこれは、アパートに到着するまで見守られている感じ!?

それに気付き、急いでアパートまで小走りで向かった。

アパートの真ん前に到着し、社長の様子が気になって振り返ると、社長の姿はもうなくて、ホッとした。

でも、姿がなくてほんのちょっとだけ寂しくもある。そんなふうに思っている私は、これから社長とどうなりたいのだろう？

自問自答しながら自分の部屋に帰った。

第三章　出張先にて

雲雀社長に交際を申し込まれ、デートをした。

でもまだ交際をするかどうかは保留の状態で、社長と顔を合わせるのが若干気まずくもある。

しかし、日常はこれまでどおりやってくるのだ、当たり前だけど。

「おはようございます」

「よ、おはよ。本永さん早いね」

本日は、半月ほど前に決定した雲雀社長との出張の当日である。

中部地方にある弊社が新規出店するテナントビルのオーナーとの面談のあと、ショップを運営してくれるスタッフ達との懇親会が行われる予定で、私と社長と営業部の担当者が一緒に行くことになっていたのだ。

新幹線のホームで待ち合わせして、まず私、続いて社長が到着したが、同行者である担当者がまだ来ていない。

「幸田《こうだ》君、忘れてないよな、大丈夫だよな」

社長が不安げにホームの時計とスマホを眺めている。

「昨日改めて出発時刻の確認はしたので、大丈夫だと思うんですが……」

幸田というのは、これから向かう地域の営業を担当する社員のことである。

そそっかしい人でもないので、忘れているというのは考えられない。念《ねん》の為《ため》さっき携帯電話に連絡は入れたのだが、折り返しの連絡はない。

これは今向かっている最中と予測すべきだろうか。

目の前の社長から視線を横にずらすと、新幹線はもうホームに到着している。車内清掃も終了しているので、もう乗車できる状態にはなっている。

「大丈夫かな〜。とりあえず俺たちだけでも先に乗っておいたほうがいいかな」

社長が新幹線に向かって歩き出そうとしたとき、ホームに向かってくるエスカレーターから幸田さんが現れた。

その表情には疲れと、申し訳ないという心情がありありと浮かんでいる。

「送れて申し訳ありません〜〜!!　言い訳のしようもありません……」

私達の前で頭を垂れる幸田さんは三十一歳の男性だ。先代の社長がいる頃から営業を担当しており、営業が天職だと公言するくらい人と接することが好きらしく、いつも明るく社交的。社内のムードメーカーでもあり、懇親会にはなくてはならない人である。

そんな幸田さんが額に汗を浮かべながら、ペコペコと社長に謝っている。

「えーと、とりあえず乗るか」

社長がホッとした顔をして、新幹線に乗り込む。よく見たら発車時刻まであと約一分だった。

——うわ、ぎりぎりじゃない……間に合ってよかったー
無事に三人並びの席に座って一息つくのとほぼ同じくして、新幹線が発車した。

「ほんとすみませんでした……」

肩を落とす幸田さんに「気にしないでください」と声をかけていると、社長が真顔で幸田さんに尋ねた。

「それより、なんで遅くなったんだ？　幸田君いつも時間正確なのに珍しいな」

「それがですね、家を出て歩き出してしばらくしたら、靴のかかとが剥《は》がれているのに気がついたんです……それで慌てて戻って履き替えて、ってやってたら遅くなってしまったんですよ……」

「え。そうだったのか。なんと言ったらいいか……不運な」

まず社長が声を上げた。それを受けて、幸田さんが項垂れる。

「かぱかぱの靴のままでもよかったんですけど、向こうで靴を買う時間があるのか、買ったけど合わなくて靴擦れしたらどうしようか、とかいろいろ考えちゃって。そしたらもう戻った方が早いってなって。久しぶりに本気でダッシュしました」

「「お疲れ様でした……」」

そのときの幸田さんの気持ちを考えたらお疲れとしか言えない。しかも意図せず社長とハモって

しまい、顔を見合わせてしまった。

「ハモったね」

爽やかな社長の笑顔に、心臓が小さく跳ねた。

「はい……」

以前なら目が合ったくらいたいしたことではない。なのに、今の私は社長と目が合うだけでドキドキして、どういう反応をしたらいいのか悩んでしまう。

――こんな調子で社長……を含めた三人で出張だなんて。タイミング悪いな……

三人並びの席で、本来なら社長を窓側にすべきなのだろう。でも、なぜか「俺こっちがいい」と真ん中の席に座られてしまい、私が窓側に座ることになった。

とりあえず、幸田さんがいてくれたらだいぶ気が楽だ。三人でよかった。

流れていく景色を眺めながら、小さくため息をついた。


無事に目的地に到着し、駅と直結している地下街の中にある定食屋で昼食を食べてから、テナントビルに移動した。そのテナントビルのオーナーである年配の男性に挨拶をしてから、うちの店が入るフロアに移動し、新店舗のチェック。

新店舗は無事に内装工事も終わり、現在は商品搬入の真っ最中である。スタッフは陳列と、検品作業に追われていた。

「お疲れ様です」

社長が姿を現すと、作業中だったスタッフが一斉にこちらを見る。

「雲雀社長、お疲れ様です」

すぐに近寄ってきたのは、店長を任された男性スタッフだ。

以前、関東の店のスタッフとして働いていたのだが、元々こちらの出身ということもあり、帰省を兼ねて新たに店長として赴任することになったのである。

私も何度か顔を合わせているスタッフなので、ここで再会できたことを嬉しく思った。

「じゃ、皆集まってくれるかな」

店長がスタッフ達を集め、改めて雲雀社長を紹介する。おそらく自社の社長がこんなに若い男性だということに驚いているのだろう。社長が挨拶をしている最中、全てのスタッフの視線が彼に釘《くぎ》付けだった。もちろんスタッフが驚くのは社長の若さだけではないだろう。

こんなイケメンがいたら、そりゃ見るよね。

――わかる。驚くよねえ……私も正木さんに紹介されたとき、ちょっと見とれちゃったし。

「……では、よろしくお願いします」

挨拶が終わると、社長がスタッフ一人一人に声をかける。すると、声をかけられた若い女性達の頬が、わかりやすくピンク色に染まっていく。

「あ、パートさんなんですね。午前？　午後？」

「午前のパートなんです。あ、でも、時間は融通が利くので……」

「そうですか、それはありがたいです。頑張ってくださいね。困ったことがあればすぐ店長に相談してくださって大丈夫ですので」

「はい、ありがとうございます」

こんな調子で、社長は一人一人に声をかけていくのだ。

こういうフレンドリーな姿が社員や店舗のスタッフには好評で、社長のためならと頑張る社員は多い。

これで本性は全く違ってめちゃくちゃ怖いとか、ワンマンで機嫌が悪いと周囲に当たり散らすとか、そんな社長だったらきっとここまで人望を集めることはできなかっただろう。

就任してからずっと、彼はこうやって社員やスタッフに寄り添ってきた。その成果が今、実を結んだのだと思う。

――頑張ってたもんなあ……なんだかこっちまで嬉しくなっちゃう。

しみじみしながら、私もスタッフや周囲のテナントの責任者に挨拶をしに行ったり、スタッフに渡す差し入れを買いに行ったりと忙しなく動いた。

そのあとは一旦テナントビルを出て、宿泊予定のホテルにチェックインしてから懇親会となる。

予約したホテルはごく一般的なビジネスホテル。もちろん、部屋は一人一部屋だ。

懇親会が行われるのは、新店舗の近くにある居酒屋。地元に詳しい店長に、美味しい料理が食べられる居酒屋を予約してくれと事前にお願いしておいたのである。

「じゃ、各々休憩してから六時にロビーに集合で」

社長にこう言われて、客室の前で一旦解散。一泊二泊程度の旅行に適した大きさのスーツケースをガラガラと引きながら、自分に宛《あて》がわれた部屋に入った。その途端、緊張から解放されてどっと気が抜けた。

「はあ……」

思い切り息を吐いてから、靴を脱いでベッドに倒れ込んだ。

——足、疲れた……ぺったんこの靴が履きたい。スニーカーとか、サンダルとか。

一応ヒールもさほど高くない、履き慣れたパンプスを履いてきたけど、それでも疲れた。

ストッキングも脱いで、足をマッサージしながらテレビをつけ、夕方のニュースを眺めながらぼーっとする。

そのテレビの横には鏡があって、そちらに視線を送ると疲れ切った自分の顔が映っていて、ギョッとした。

「やばっ」

ガバッと起き上がって、慌ててバッグからポーチを取り出した。

ファンデーションを塗り直して、粉をはたいて。リップを塗り直しながら、顔を作り直した。

鏡に映る自分をみつめ、ぼんやり思う。

――店舗のスタッフさん、可愛《かわい》い女性が多かったなあ……

おそらく私と同じくらいの年齢の人や、もっと若い人と思われる人もいた。このあとの懇親会に来ることを考えると、社長の隣は争奪戦かもしれない。

というか、社長を交えた懇親会で彼の隣が争奪戦になるなんて、毎度のこと。なのに、今回はどうしてここまでモヤモヤするのだろう。

もしかして私、社長を誰かに取られたくないって思ってる……？

なぜ疑問形なのか。それは自分でもこの感情がなんなのかよく分かっていないからだ。

とりあえず身支度だけはちゃんと整えて、店舗スタッフの女性達に地味と思われないようにしよう。

服装は昼間と同じパンツスーツだけど、一つ結びにしていた髪は一度解き、後れ毛を垂らして緩く片側に寄せ一つ結びにした。ちゃんとメイクも整えて疲れた顔に見えないようにしたし、これなら問題ないはず。

そもそもこれまで出張で懇親会に参加するとき、身支度なんて清潔感を保つくらいしか気を遣わなかった。それが、髪型を直したりメイクに気を配ったりするなんて、自分の変化に驚いてしまう。

多分、それって雲雀社長のせい。

彼は良くも悪くも自分に大きな影響を与えている。それだけは間違いなかった。

――恋愛の影響って、大きいんだなあ……

しみじみしながら約束の時間にロビーへ行くと、既に社長と幸田さんがいた。

「すみません、お待たせしてしまいまして」

「いや、俺たちも今来たところだから」

社長が幸田さんに目配せする。

「うん。俺はもう二人を待たせられないから、早めに来たけどね」

笑う幸田さんに釣られてこっちも笑顔になった。たわいもない会話をしながらホテルを出て、懇親会の会場となっている居酒屋に徒歩で向かった。

ターミナル駅の近くにある、飲食店が並ぶ繁華街。その中にある居酒屋に辿り着き引き戸を開けると、腰巻きエプロンを着けたスタッフの男性が「いらっしゃいませ！」と威勢よく声をかけてきてくれた。

予約した者ですと名乗ると、すぐ奥にある宴会場に案内された。

店内は木材を利用した暖かみのある空間で、宴会場は畳敷き。すでに店舗スタッフが到着していて、社長が姿を現すと皆が立ち上がり、「お疲れ様です～！」と社長に声をかけた。

「こちらこそお疲れ様です」

腰低く入ってきた社長は、新店長に促されながら上座に座る。私は入ってすぐの場所にあった空きスペースに幸田さんと並んで腰を下ろした。

「じゃ、社長も到着したことですし、まずひとことお願いできますか」

「えっ、挨拶？　さっきもしたけどまたやるの？」

困惑しつつ立ち上がった社長に、周囲から笑いが漏れる。

「じゃ、せっかくなんで今夜はお腹いっぱいになるまで食べていってください。もちろん後から代金を徴収したりはしませんので」

いつも懇親会の費用は社長のポケットマネーで賄われている。もちろん誰かが進言したわけでもなく、社長が自らそうすることを決めた。こういうところもまた、彼が部下に慕われる一因になっていると思う。

幸田さんが乾杯の音頭を取り、宴会が始まる。今夜は車に乗ることもないので、私もお酒が飲める。なので遠慮なくビールからいただく。ジョッキになみなみと注がれた生ビールを。

「……っ、うっまあ……」

いつも缶ビールは飲んでいるけど、やっぱり生ビールって格別の美味しさだと思う。泡も甘みがあってまろやかだし、ビールもスッキリしていてのどごしが非常にいい。

さいこう……と思いながら一人でぐびぐびビールを飲む。つまみは目の前にあった焼き鳥だ。もも、砂肝、軟骨、つくね。塩とタレはどっちもいけるが、今は気分的に塩。

もぐもぐと食べ進めていたら、「お疲れ様です」と隣で声がした。ぱっとそちらを見ると、新店舗でマネージャーを任されることになった女性がいた。

「あ、お疲れ様です」

名刺交換は昼間に済ませているので、スペースを少し空けて彼女が座れるようにした。

「ビール進んでますね、ここの焼き鳥美味しいって評判なんですよ」

彼女の名前は戸川《とがわ》さん。手にビールジョッキを持ってやってきた戸川さんは、私のジョッキに入ったビールがあとわずかだということに気付き、頬を緩ませる。

「やっぱり。すごく美味しいです。今は塩で食べてるんで、次はタレでいきます」

「ぜひぜひ。それよりも今日は遠くからありがとうございます。お疲れじゃないですか？」

戸川さんが気遣ってくれる。彼女は私と同世代で、さらさらのストレートヘアが印象的な女性だ。こういう女性は男性からも人気がありそうだなと思った。ちなみに彼女は独身らしい。

「いえいえ、そんなことはないです。それにビールと焼き鳥で今、生き返りましたから」

「それはよかったです。本永さんは秘書をやられてもう長いんですか？」

戸川さんがちらっと雲雀社長に目をやってから、声を潜めた。

「そうですね。先代社長の頃からなので、数年になりますね」

「昼間本永さんと挨拶したスタッフが、格好いい女性だねって言ってましたよ。雲雀社長と並んで歩いていると、すごくできる二人って感じだって」

思わず食べていた手を止めてしまう。

「え……そんなこと言われたの初めてです」

「えっ!!　そうなんですか？　でも、私から見ても二人すごく格好いいです。やり手社長と出来る秘書って感じでした」

なんて嬉しいことを言ってくれるのだろう。ビールが余計美味しく感じるではないか。

「えええ……嘘……嬉しいです……あの、飲んでください。追加いりますか」

「ありがとうございます」

戸川さんが微笑む。

そのあともちびちびビールを飲みながら、戸川さんと話をした。彼女からは新店舗の状況の他に、スタッフの現状も聞くことができた。オープンまではまだ若干日数があるけれど、未《いま》だ慣れなくてオペレーションに不安のあるスタッフもいるとのこと。

その辺りは店長や本社の教育担当者と連携を密にして、なんとか乗り切ってもらうようお願いした。プレオープンや開店日から一週間は本社から何名かスタッフが派遣されるので、そんなに不安にならなくても大丈夫だとも伝えておいた。

それを伝えた途端、戸川さんの顔に明らかな安堵《あんど》が浮かんだ。

「そうですか……そう言っていただけると安心です」

気がつけばビールは二杯目。焼き鳥を食べ終えて、今は目の前にあったサラダに手をつけている。

戸川さんのジョッキももう空になっていたので、メニューを彼女に渡して何気なく周囲を見回す。

すると、上座にいる社長の周りを店舗スタッフの若い女性達が囲んでいた。

——いつのまに。

さっきまでは新店長の男性が近くにいたはず。なのに今彼は、別の場所で他のスタッフと会話していた。

社長の周りにいる女性達は、おそらく私よりも若い。二十代前半といったところだろうか。

よくみれば上半身が社長の方に倒れていて、肩が触れてしまいそうなほど近い。

そのことに気がついた瞬間、いかんと思いつつ私の胸の奥に黒いモヤが生まれてしまう。

——だめよ私。遠方まで来てイライラしたら周囲の人も訝《いぶか》しがるから……!!

これ以上イライラしないためにも、なるべく社長の方は見ないと心に決めた。

ただ、戸川さんも社長の周辺が賑《にぎ》やかだと気がついてしまい、そちらをみて「あちゃー」という顔をしていた。

「すみません、うちの若い子達が……。実は、今日社長を見たときから格好いいって大騒ぎで。懇親会でまた社長に会うのが分かってたので、もしかしたらこうなるのではという予感はしてたんですが……当たってしまいました」

「そう、ですか……まあ、でも、社長が人気あるのはいつものことなので」

精一杯動じてないフリをした。内心はモヤモヤがすごい。うっかり気を抜いたら、口からモヤが飛び出すんじゃないかと不安になるくらい。

「でも、人気出ちゃうのわかりますね。イケメンなのに飾らないし、優しいし。本社でも女性人気がすごいんじゃないですか？」

「……まあ、そうですね……」

これまで難なく答えられていた文言《もんごん》にすら、モヤモヤする。

――私、これまでにないくらい悶々としてる……っていうか、これ、嫉妬だな……

戸川さんと話しながらも、意識は社長に向いている。和気藹々《わきあいあい》とした社長がいる輪の中で、たまに社長の腕に触れる隣の女性にやめろと、体を社長に近づける女性にもっと離れて！　と言いたくなる。

心の奥底ではずっと訴えてる。彼は私のものよ、触らないで――と。

そんな自分が嫌になる。だって私と社長は、未だ正式に付き合っているわけではないからだ。

悩み続けて社長への返事を保留にしていた挙げ句に、これだ。なんて調子がいいのだろう。

「……ビール、おかわりください。ジョッキで」

ちょうど近くにいたスタッフに注文をし、少しだけ残っていたビールを一気に飲み干した。

「え。も、本永さん大丈夫ですか？　ペース速くないですか？」

戸川さんが心配そうな顔で私を見る。

「大丈夫です。明日は帰るだけなのでこれくらいは朝飯前です」

「朝飯前って久しぶりに聞きました……」

――確かに。久しぶりに朝飯前なんて単語を口にしたな、私。

既にまあまあ酔っている自覚はある。でも、モヤモヤすると無意識のうちにジョッキへと手が伸びてしまう。

「はい、本永さんこれ」

快調にビールを飲み進めていると、いきなり戸川さんがいる方ではない反対側からコップを差し出された。

ん？　とコップを持つ主を見上げると、幸田さんだった。

「あれ、幸田さん？　これなんですか」

「お水です。さっきから本永さんハイペースでビール飲んでるから、社長が持って行けって」

「えっ!!」

言われてすぐ社長を見る。でも、彼は未だ周囲にいる若い女性スタッフと、楽しそうに話している最中でこちらなんか見ていない。

——私のことなど気にかけている余裕はないと思ってたのに、み、見てたの……!?

にわかに信じがたいが、実際幸田さんに水を持ってこさせたところからして、見られていたのは間違いない。

「す、すみません……ありがとうございます」

ありがたくお水をいただいて、一口飲んだ。それを見守っていた戸川さんが、感心しながら口を開いた。

「すごいですね、雲雀社長。見てないようでちゃんと見てるっていう……かっこいいです」

これに素早く反応したのは幸田さんだった。

「そうなんですよね。社長って背中や腕に目がついてるんじゃないかってたまに思います。私も酒の席でフォローしてもらったことがあるんで」

幸田さんの告白にえっ、となる。

「そうなんですか？　幸田さんって酒豪だからお酒で困ることなんかないと思ってました」

「酒はまあまあ強い自覚ありますけど、以前無茶ぶりしてくる取引先の重役がいたんで。しかも私、そのとき体調があんまりよくなくて、いつもの半分くらいしか飲めなかったんですよ。そしたら社長が、うまく相手を説得して、帰らせてくれたんですよ」

「あら……それも素敵」

社長のイケメンエピソードに戸川さんの目がキラキラしている。

「格好いいですよね。私も、男だけどそのときは惚《ほ》れそうになりました。俺の上司、カッケえ、って」

初めて聞くエピソードに、我を忘れて聞き入ってしまった。

――男性までも虜にしてしまう雲雀社長……

またビールジョッキを掴んで飲み始める。

そんな人に付き合ってくれと言われているこの状況を思い出して今更ながらドキドキしてしまう。

間違いなく自分も社長のことを意識している。だったら、いっそのこともうこの気持ちを伝えるべきではないだろうか。返事だって待たせているわけだし。

思い立ったら酒が入っている勢いを借りて、すぐに行動に出たい。でも、そういうわけにいかない。

――なぜならば今夜と明日は幸田さんも行動を共にしているので……。今夜告白したら、明日がやりにくくなりそうだし……

とにかく今夜と明日は我慢するしかない。酒の力が借りたいのなら、日を改めてやり直せばいい。

慌てるとなにかやらかしそうだしね、と心の中で盛大にため息をつき、近くにあった野菜スティックをかじった。

「それにしても本永さんって結構いけるくちだったんですね」

幸田さんがさも意外だった、と言わんばかりにジョッキを掴んでいる私の手元を見る。

そういえば、幸田さんと一緒にお酒を飲むのはずいぶんと久しぶりだ。

というのは、先代社長の正木さんがいた頃は私が帰りの車を運転することもあり、宴会でアルコールを飲むことはほとんどなかった。もちろん雲雀社長に代わってからはたまに飲むことはあったけど、精々ビール一杯くらいだった。

とくに意識したつもりはないけど、いつの間にか人前では飲まない習慣がついてしまっていた。でも、実のところ一人ではまあまあ飲んでいる。ビールならわりといくらでもいける。

「そうでもないと思いますけど……これくらい皆飲まれるのでは？」

「いや、そうでもないですよ。今夜もジョッキ三杯はいきましたよね？」

「よく見てますね」

「社長が見てたんですよ……」

幸田さんが遠い目をする。

社長が見ていた、という言葉に一瞬ドキリとしたけど、変に思われないために敢えてそれはスルーした。それに実は、飲んでいたのはビールだけじゃない。

「でも、残念でした。ビールだけじゃありませんでした。隙間にチューハイも飲んでました」

「ええっ!! そうなんですか!? つええ……」

私と幸田さんのやりとりを見ていた戸川さんがクスクス笑っている。

「お二人、仲がいいですね。なんか、本社の人間関係が透けて見えるようです」

戸川さんの言葉に、幸田さんと顔を見合わせた。

「そうですね、本社の社員って皆それなりに仲がいいですよね」

「確かに。わりといつも和やかですね。年代も近いし」

幸田さんの意見に同意する。

これはあくまでも私以外の社員に限った話だ。私はいつも自分のブースにいるか、社長と行動しているので他の社員との交流が少ない。よって、今の話にはあまり当てはまらない。

「じゃあ、本永さん。今夜はお近づきになった印に乾杯しましょうか！」

いきなり幸田さんが自分のハイボールを持ってきて、私の前に掲げた。

「……お近づきになりましたっけ？」

「なったじゃないですか！　さあほら、本永さんもジョッキを持って！」

「あ、はい。では」

かんぱ……と言いかけたそのとき。不意に私のジョッキがひょいっと取り上げられてしまった。

「え、なに……」

まだ半分残ってるのに、と思いながらそちらを見れば、ジョッキを持った雲雀社長が私を見下ろしている。

その顔は、無だ。

「こら、幸田。俺はこれ以上本永さんに酒を飲ませないようにって言ったのに、なにやってんだ」

「え、あ、そうでした。でも思ったより本永さん大丈夫そうですよ？」

「それにしたって飲み過ぎだ」

幸田さんに呆《あき》れ顔《がお》を向けたあと、今度は私に視線を移す。呆れているような困惑しているような、あまり見かけない社長の表情に状況を察知し、すーっと酔いが醒《さ》めていく。

「あの、私なら大丈夫ですので。幸田さんを叱らないであげてください」

「……とにかく、もうアルコールは終わりにしてください。あとから具合が悪くなっても困るでしょう」

「じゃ、その残ってるビールで最後にするんで、ください。残すのは勿体《もったい》な……」

私も往生際が悪いと思ったが、ジョッキの半分ほど残っているビールを残すのがどうにも我慢できなかった。だから社長に「ください」という気持ちを込めて手を伸ばす。

が。

私のお願いを無言でスルーし、あろうことか社長が残っていたビールを全部飲み干してしまった。

「えっ……!!」

驚きの声をあげて社長を凝視していると、彼は空になったジョッキだけを手渡してきた。

「はい。終わりね」

ちらりと横目でこっちを見た社長は、そのまま涼しい顔をして自分の席に戻っていった。

私が空になったジョッキを見つめながら呆然としていると、隣から「うわあ……」という戸川さんの声が聞こえてきた。

「今のヤバくないですか。想像以上のかっこよさです……」

「え、ヤバい？　どこが？　私、残ってたビール飲まれたんですけど……」

いまいち社長の意図が分からず困惑している私と違い、戸川さんはいまだ「はあ……すごい」と社長を見つめている。

「え、本永さん、気がついてないんですか!?　あれは本永さんにこれ以上飲ませないためでしょ？」

戸川さんの視線が私を追い越して、隣にいる幸田さんに向かう。彼女の質問を受け、彼は無言で頷いている。

「ですよね……格好いいっすよね、社長」

しみじみ頷きながら、幸田さんがハイボールを飲んでいる。

「……な、なんでそんなことを……？　私、まだ飲めますけど……」

「本永さんを心配してるんですよ。素敵じゃないですか、宴会の最中でもちゃんと部下を見ていてくれるなんて。最高の上司ですよ」

「……そ、そう、なんですか……ね……」

二人とも社長ができる上司だからこそあんなことをしてくれた、と解釈している。でも、実際は違うのではないかと、じわじわ理解してきた。

——部下だから心配しているのではなく、す、好きだから心配してくれている……？

その考えに到達した途端、体中が熱くなってきて顔が火照ってきた。

口では謙遜しながらも、胸の内は違う。今更ながらじわじわと幸福感というか、愛されている実感というものが湧いてきた。

こんなこと今までに経験がないから、困惑しかない。

——なんでこんな場面で私に優しくするの……？

せっかく出張中は気持ちを打ち明けるのを我慢しようと思っているのに。ますます好きになるようなことをされると、溢《あふ》れるこの感情をどこにぶつければいいのか。

お酒に逃げたいところだけど、あんなことをされてしまった以上、もう酒には頼れない。

——懇親会が終わるまで大人しくしてるしか、ないじゃない……

心臓はまだバクバクいってるけど、なにもなかったフリをして戸川さんと幸田さんとたわいないことを話し続けた。

そうこうしているうちに宴会時間も二時間が経過し、お開きとなった。

「本永さん、二次会どうですか？」

若い店舗スタッフの女性に誘われたけれど、もうお腹いっぱいだし疲れて眠いので……と断った。

元気な宴会部長の幸田さんは二次会に行くので、私はホテルに戻ることにした。社長は言わずもがな、女子達からの引き留めがすごいのでこれは参加決定だろう。

「じゃ、お疲れさまでした」

戸川さんとも挨拶を交わし、一人でホテルに向かって歩き出したとき。いきなり不意に肩をぽんと叩かれて、びくっ!!　と体が跳ね上がった。

「だ……」

「俺です。驚かせてごめん」

絶対に二次会に参加していると思ったのに、まさかの社長がいた。

「あれ？　二次会は……」

「遠慮したよ。もうじゅうぶん話はしたし、いいんじゃない」

「でも、スタッフさんたち社長に来てほしそうにしてましたけど」

「……さっきから個人情報ばかり聞かれて、ほとほと参ってるんだよ。勘弁してくれ」

社長の顔に生気が無い。これは、本当に疲れている。

「う……すみませんでした。ただ、二次会に行ったと思っていたのでびっくりしたんです」

「まあ、二次会には幸田が行ったみたいだからいいんじゃない？　彼がうまくやるよ。で、ホテルに帰るだろ？　まさかこのあと別のところで飲み直そうとか思ってないよね」

じろりと横目で見られ、肩を竦《すく》めた。

「さすがにあれだけ飲んだら満足ですよ。ただ、甘い物が食べたいからコンビニには行こうかと思ってたんですが」

「ああ、いいね。俺も行く」

ホテルまでの道のりにコンビニがあるのをチェックしておいたので、迷うことなくコンビニに辿り着いた。

念のためのミネラルウォーターと、朝に飲みたいフルーツジュース、チョコレートを数種類コンビニで買い込んでホテルに戻る。宿泊する部屋があるフロアでエレベーターを降り、まず社長の部屋の前に到着した。

「本永さんの部屋は二つ向こうだっけ？」

「いえ、隣ですよ。二つ向こうは幸田さんの部屋です」

「そうか……」

社長が部屋の前で何かを考え込んでいる。

――なんだろ？　……まあ、いいか。部屋に戻ろ。

それを横目で見ながら、お疲れ様でしたと一礼して自分の部屋に戻ろうとしたとき。いきなり社長に腕を掴まれた。

「えっ？」

戸惑いつつ社長を見上げる。

「せっかくなら一緒に食べない？　お菓子」

「……社長の部屋で、ですか？」

「そう。どうせ幸田はしばらく帰ってこないし、あ、警戒してるんだったら手は出さないと約束します」

社長がこう言ってくれるのは嬉しいけど、今私が心配しているのは別のことだ。

――そうじゃなくて、私が我慢できず気持ちをぶちまけそうで、それが怖いんだけど……

でも、社長が誘ってくれたことが素直に嬉しい。それに宴会ではあまり話せなかったから、ちょっと話すくらいなら、いいか。

「わかりました、じゃあ、少しだけお邪魔します」

「どうぞ」

社長がドアを開けてくれたまま待っているので、先に中に入った。私の部屋とは水回りの位置が逆の配置だったが、それ以外は同じだ。

「はー、つっかれた」

社長が早速ジャケットを脱ぎ、ドレッサーの前にあった椅子の背にかけた。それを目撃した私は、急いでそのジャケットを取り、クローゼットから取り出したハンガーにかけた。

一連の動きを目で追っていた社長が、それを見て笑っている。

「素早いな。いいのに、あとでちゃんとやるよ」

「すみません、こればかりは習性みたいなものですから。体が勝手に動くんですよ」

「すごいな、さすが」

続いてネクタイと、ベストを受け取りそれもハンガーにかけた。シャツとスラックスだけになった社長は、すっきりした顔でベッドに腰を下ろす。

「本永さんさ」

「はい」

「妬《や》いた？」

「はっ!?」

——いきなりなにを言われるのかと思ったら、それ!?

驚きはしたが実際妬いたのは事実。でも、咄嗟にどう言えばいいのかわからなくて、困惑した。

「な、なぜ……」

「いや、懇親会の最中たまに本永さんの視線を感じたし、目がなんとなくおっかなかったから、もしかしたらそうなのかなって。俺の周り、若い女性が多かったから」

「……た、確かに……社長、若い子に囲まれて楽しいだろうなって思ってたのは事実です」

正直に告白したら、社長がクスッとする。

「俺、本永さんに付き合ってって言ってる身だよ？　すぐ近くに好きな人がいるのに、別の女性と酒飲んでヘラヘラするわけない。俺ってそんなに余裕があるように見えた？」

宴会での社長を思い返す。余裕があるかどうかはわからないが、いつもどおりには見えた。

「いや……私も、お酒入ってたので、そこまでは……」

「ないよ、余裕なんて」

社長がきっぱり断言した。

「あれはあくまでも業務を円滑に進めるため。正直、宴会よりも別のことで頭がいっぱいだった」

「いっぱいって……なにを考えてたんですか？」

「本永さんの酒量が多いなと。ビールがあれよあれよと減っていくから、もしかして俺のせいかなって」

「……」

——まあ、途中で幸田さんに水持ってこさせるくらいだから……

はあ、とため息が漏れる。

「妬かれて、どう思いました？」

こちらから質問してみた。

面倒な女と思われたかもしれない。でも、それが私なのだから仕方ない。

「嬉しい」

真顔できっぱり言われた。

「当たり前でしょう。好きな人が妬いてくれるなんて。これ以上の喜びはないし。というかつまり、妬いているということは俺のことが好きだということになるんだけど、その辺りはどうなんだろう」

「えっ……」

「もしかして本永さん、俺のこと好きになってくれた？」

まっすぐ見つめられると、射すくめられたように動けなくなる。

「………そ、それは……」

どうしよう。なんて答えよう。

気持ちを伝えたいとは思っていた。でも、いざその時が来ると怖じ気づいてしまう。

出張は明日も続くし、幸田さんもいる。そういう事情を鑑みても、告白するタイミングは今じゃない。それはきっと間違っていない。

でも、頭で分かっていても好きな人を前にしたら、溢《あふ》れ出る感情を抑えることはできなかった。

気がついたら無意識のうちに頷いていて、目の前の社長が大きく目を見開いていた。

「……本当に？」

「本当です」

「俺が好き好き言い過ぎたせいで面倒になった、とかそういうんじゃない？」

「ないです。人生を左右するかもしれないことを、安易に決めたりなんかしません。……ちゃんと男性として好きだと気付いたんです。社長のこと」

社長はベッドに座り、私を見つめていた。しかしなにを思ったのか、突然ぱたりとベッドに倒れ込んだ。

顔を両手で覆い、微動だにしない。そんな彼を見守っていた私も、だんだん不安になってきた。

「やばい……」

「しゃ、社長？　大丈夫ですか」

「大丈夫じゃない、全然」

「それはどういう……」

気になって社長の顔を覗き込もうとしていたら、いきなり社長がガバッと体を起こした。

「好きな人に好きって言われて、冷静でいられるわけがない」

「え……」

気がついたらものすごい至近距離で見つめ合っていて、うわ！　と飛び退きそうになる。でも、社長に素早く二の腕の辺りを掴まれてしまい、逃げられない。

未だかつてない空気が私と社長の間に流れている。

多分、今までの私なら、すぐに逃げ出していたかもしれない。でも、社長への気持ちを自覚した今の私は、逃げたくなかった。

「しゃちょ……」

社長、と言い終わる前に彼の顔が近づいてきて、勢いよく唇を塞がれてしまった。まるでぶつかり事故みたいな、いろいろな意味で軽い衝撃が私を襲った。

――きっ……

脳内ですら、キスと全部言えないくらい激しくテンパった。もちろんキスの上手なやり方なんかわからないし、このあとどうすればいいのかが全く予想つかない。

私の左手は、さっきからパーのまま固まっている。

社長の唇が思っていたよりずっと柔らかいんだなとか、すぐ目の前にいる社長ってほんといい匂いがするとか、余計なことばかり考えているうちに、唇は離れていってしまった。

「……大丈夫？」

キスが終わってもまだ動けない私を、社長が気遣ってくれる。

「だ……大丈夫かどうかもよくわかんないんですけど……」

「手を出さないという約束を早速破ってごめんなさい。今夜は手を出すべきじゃないってわかってたのに、自制が効かなかった」

「い、いえ……」

シーン、とこの場が静まり返る。

本当はもっと社長といたい。でも、多分これ以上社長と一緒にいたら言動が怪しくなるし、明日絶対もっともっと恥ずかしくなる。

「あ、あの!!　今夜は自分の部屋に戻ります!!　ちょっと私、お酒飲みすぎて全然頭回んないんで……」

「わ、わかった。それは俺も同じだな……」

おやすみなさい、と頭を下げて社長の部屋から出ようとしたとき、いつの間にか後ろにいた社長がドアに手をついた。

「俺と本永さんはもう恋人同士ってことでいいんだよね？」

背後から聞こえてきた低いイケボに、首筋から背中がゾクゾクと震えた。

「は……はい……」

返事を返すのがやっとだった。すると、ドアを押さえていた社長の手がスッと引っ込んだ。

「じゃ、おやすみ本永さん。今日は一日お疲れさまでした」

「お疲れ様でした……」

目を見ずに一礼してから、社長の部屋を出て素早くドアを閉めた。

周囲に幸田さんの姿がないことを確認してから自分の部屋に戻った私は、真っ先にベッドに座り、そのままの体勢でベッドに倒れ込んだのだった。

第四章　今日から社長が恋人です

夜が明け、朝が来た。

社長とのことがあって、あんなにドキドキしながら眠りについた翌朝は、自分でも意外なほど気持ちがスッキリしていた。

――私、落ち着いてるな……

多分、付き合うか付き合わないかで悩むことがなくなったのが大きいのだと思う。付き合うことを決めたのなら、あとはもう、この想《おも》いを貫くだけだから。

身支度を済ませ、時間を確認してから朝食会場となるホテルのレストランに向かった。

朝食会場は、日の光が差し込む大きな窓がある一階のカフェラウンジ。すると、まだ待ち合わせ時間には余裕があるはずなのに、ラウンジの前には雲雀社長と幸田さんの姿があった。

社長は白いシャツに黒のスラックスで、いつも通りの涼しい顔。対する幸田さんの顔には、明らかに疲労の色が見て取れる。

「おはようございます。幸田さん、どうされました？」

幸田さんはあからさまにぐったりしている。さすがにこれはスルーできなかった。

そんな彼は、私におはようございますと挨拶をしてから、はあ……と大きくため息をついた。

「いやあの……昨夜ちょっと羽目を外しすぎまして。あの後二次会に行って、三次会も行ってしまって……ホテルに戻ったの、朝の四時だったんです」

「え!!　四時!?」

声を上げると同時に社長を見ると、幸田さんに冷めた視線を送っていた。

「元気だよなー、幸田。でも、こうなるくらいなら途中で帰ってくればよかったのに」

「いや、なんていうか……店舗スタッフにすごくお酒の強い女性がいてですね……話も面白くて、ついつい話を聞きながら酒を飲んでいたら、いつの間にか朝になっていたという……私も時計見てびっくりですよ」

「その方もすごいですが、付き合える幸田さんもすごいです……私、朝までなんてとても無理です」

感心してしまったが、社長は真顔だ。どうやら別のことを考えていたらしい。

「スタッフとの交流もいいけど、ちょっとこれは……。さすがに酒臭すぎだ。……幸田は朝食食べたら先に帰っていいよ」

「え!!」

幸田さんが目を丸くする。

「いやだって、その状態で店舗スタッフの前に出られる？　それに、今日は午前に新店舗へ行ってもろもろの確認だけしてそのまま帰る予定だったし、半日予定が早まっただけだ、問題ない」

「も……申し訳ありません……」

幸田さんががくりと項垂《うなだ》れる。話を終えた社長がスタスタとカフェラウンジに進んだので、私と幸田さんも後を追った。

朝食はビュッフェ。受付を済ませると、スタッフが席まで案内してくれた。窓を臨むようにコの字型に着席し、簡単な説明を受けてから各々料理を取りに席を立った。

キッチンに隣接しているビュッフェには、和と洋を中心とした料理が数多く並んでいた。朝食にぴったりの味噌汁、ご飯に納豆と焼き魚、和総菜から、洋食派に嬉しいホテル内で製造したパンやシリアル、数種類のジャム。そして忘れちゃいけない、サラダとなる生野菜が数種類。

この朝食会場での一番の人気は、注文を受けてからシェフが焼くオムレツだ。予想はしていたけど案の定、オムレツ前で数人が列を作っていた。

元々料理に力を入れているホテルだというのは予約の段階で知っていたけど、思っていた以上にラインナップは多かった。これで味もよければ言うことなしだ。

とりあえず和総菜を一口ずつ皿に取り、列の人数が減ってきた頃合いを見てオムレツに並んだ。見事な手際で作られる真っ黄色なプレーンオムレツに、朝から胸がときめいた。

——素晴らしい……朝からこんなものが食べられるなんて……

はっきりいってこのときの私は、昨夜社長にキスをされたことなどすっかり忘れ食に走っていた。

トマトケチャップがかかったオムレツが載った皿と共に席に戻ると、先に料理を持って戻った幸田さんが、グロッキーになりつつ味噌汁を飲んでいた。

「本当に大丈夫ですか？　なにか酔い覚ましになりそうなもの買ってきましょうか？」

「いや、大丈夫。さっきウコン買って飲んだから。それより本永さん、途中で抜けるなんてことになってしまい申し訳ないです……」

「え、いいですよ！　もしかしたら私が幸田さんの立場だったかもしれないんですから、そんなことは気にしないでください」

「いやあ……本永さんは社長がついてるから、こういうことにはならないですよ」

「え？」

――社長がついてる？

幸田さんの謎の呟きに首を傾げていると、社長が戻ってきた。皿の上には私と同じようにいろんな料理が少しずつ並んでいて、同じだ。と心の中でクスッとした。

「社長はいつも朝食ってどんなもの食べてるんですか？」

「俺は……和食かな。梅干しとか鮭とか、海苔の佃煮《つくだに》とか？　味噌汁はいつもインスタント」

「そうなんですか」

朝はコーヒーだけ、とか言うのかと思ったら違った。ちゃんと食べていた。

話をしながら、できたてのオムレツを口に運ぶ。まだ熱くて、はふはふしながら食べた。

「……っ、あつ！　でも、美味しい～～!!　ふわっふわ……」

自分じゃ絶対にできないこのフワフワ加減。さすがプロは違う……と感動しながら食べていたら、目の前にいる男性二人の視線がこっちに向いていることに気がつく。

「え。あの、なんでお二人ともこっち見てるんですか……」

「いやそりゃ見るでしょう、ねえ」

幸田さんが社長に同意を求めた。社長も無言で頷く。

「本永さんが、こんなに幸せそうに食べてるのを初めて見たんで」

「そうでしたっけ？　でも、出張のときはいつも朝食ご一緒してるじゃないですか……」

「うん。でも、いつもパパッと食べて先に帰ってたでしょ？　こんなにゆっくり朝食を堪能している本永さん初めてだよ」

「そ……そうだった、かな……」

社長の指摘に、今までの自分を思い出した。

確かに、これまでは社長を男だと意識したくなくて会話も敢えて仕事に関することばかりだったし、朝食もパパッと食べてあっという間に自分の部屋へ戻っていた。

どうやらいつの間にか気持ちが緩んでいたらしい。それもこれも、社長とのことがあったからだと思うけれど……

ちらっと社長を見ると、意味ありげににやりとされた。幸田さんはというと、味噌汁を見つめている。やっぱりまだかなり具合が悪いんじゃないかな。

「でも、いいんじゃないですか。そういう本永さんのほうが付き合いやすいっていうか……なんか、昨夜もそうでしたけど、前より話しやすい気がしました」

「本当ですか？」

「はい。いい感じでした」

真顔で頷かれて、じんわり喜びが湧く。

幸田さんの話を聞いていた社長も、なぜか嬉しそうに微笑んでいる。

「いい感じだって、本永さん」

「あ……ありがとうございます……」

社長以外の人にもこんなことを言ってもらえるなんて。

なんだか朝から美味しいものを食べて、嬉しいことを言ってもらえて。幸先がよすぎて怖いくらいだった。

そして味噌汁だけを飲み終えた幸田さんは、申し訳ないと何度も私達に頭を下げながら、先に帰路に就いた。

予定外に社長と二人きりになってしまったが、とりあえず仕事と割り切ればこれまでの経験上、極端に意識せずにいられる。

そう思っていたのに、ホテルをチェックアウトして新店舗に向かう道中、なんだか社長との距離が近い。

「あの……なんか、距離が……」

おずおずと、腕が触れあう位置にいる社長に尋ねたら、「え？」という顔をされた。

「幸田いないし、好きな人が隣にいたら自然と近くなるでしょ。なんなら俺、手繋《つな》ぎたいくらいだけど」

「そっ!!　それは、や、やめてください!!」

「なんで」

わかりやすくムッとされた。

「恥ずかしいからです。こんな昼間から……」

「夜だったらいいの？」

「そういうわけじゃないんですが……じょ、状況によりけりです。今はまだ仕事中なんですから、その辺をわきまえてですね……」

「なるほど。それは確かに」

あっさり引き下がってくれて、ホッとする。

「じゃあ、仕事が終わり次第させてもらいます。覚悟しとくように」

「ん……？」

なんだかよくわからない社長の命令に、眉根を寄せる。でも、彼はこの件について話を終えてしまったので、私も聞かないまま新店舗に向かった。

新店舗の店長と再度打ち合わせと、都合が合わなくて昨日会えなかったスタッフさんへの挨拶を終え、出張先での予定は全て終了となった。

テナントビルを出て駅に向かい、ちょうど昼食の時間になるので駅弁と、社員の皆に配るお土産を買って新幹線に乗り込んだ。

二人きりで並んで座る、という状況に少々緊張はしたけど、ここは新幹線の指定席。前後や通路を挟んで向こうには他のお客様もいる。こんな状況で極めて個人的な話もできるはずがない。

——だから、ちょっと安心。

黙々とお弁当を食べて、仕事に関する話をポツポツと交わしているうちに、いつのまにかもうすぐ目的地というところまで来ていた。

タブレットでこの後の予定を確認する。予定では社長は社に戻り、通常業務とある。

見た感じ元気そうだけど昨夜も遅かったし、半休をとってゆっくり休んだ方がいいのではないかとも思う。私の記憶では、それほど急ぎの仕事も会議もなかったはずだし。

「社長はこの後、社に戻られる予定になっていますが……もしお疲れなら、今日は急ぎの予定もありませんし、お休みされたほうがいいと思いますが」

「あー、うん。そうだねえ……」

ぼんやりと窓の外を見ながら、社長が答えた。

——これ、多分、半休取らない流れだな……

以前も出張続きで絶対疲れているだろうから、よかれと思い半休を取ることを提案した。でも、社長は「平気平気」と社に戻り、そのまま夜まで仕事をこなしていたっけ。

「半休取りたいところだけど、お土産も渡したいし新店舗がらみの報告もしたいから、一応社には戻るよ」

「そうですか、わかりました。では私も……」

「本永さんは帰っていいよ」

すっかり自分も社に戻る流れでいたので、「へっ？」と気の抜けた声が出た。

「だから、帰っていいよ。駅で解散」

「い、いやあの、でも……」

「俺のせいでいつも以上に気を遣わせちゃったでしょ。弁当食べ終わったあと何度かウトウトしてたよね」

「……えっと、それはその……はい……申し訳ありません……」

確かにさっき、ものすごい眠気に襲われて何度かうっかり目を閉じたことがあった。すぐに気がついて飲み物を摂って誤魔化したつもりだったのに、社長に気付かれていたとは。

——よ……よく見てるわね……

「だからいいよ。俺のせいでもあるし、午後はとくに重要な仕事も入ってないから。本永さんこそ、休めるときに休んで」

「ありがとうございます……では、お言葉に甘えさせていただきます……」

「うん。その代わり、本永さんには別のお願いがあるから」

窓の外を見ていた社長が、こっちを向き微笑んだ。

「別のお願い、ですか？　なんでしょう？」

「ここではちょっと。駅についたら話すよ」

「……はい……承知しました……」

――ここで話せないことって、なに？

途端に頭の中がクエスチョンマークだらけになってしまう。

結局社長がお願いの中身を言ってくれないまま目的地に到着してしまった。新幹線を降りて改札を出たところで、改めて社長と向き合う。

「じゃ、本永さん。二日間お疲れ様でした」

「お疲れ様でした。では、私はこれで……」

事務的に一礼をして、いつものようにこのまま帰宅しようと在来線の乗り場へ向かおうとしたときだった。後ろから「待って」という声がかかり、条件反射で立ち止まった。

「はい。なにか……」

忘れ物でも？　と真顔で聞き返そうとしたら、社長が私の手を掴み、咄嗟になにかを握らせた。

「？　なん……」

手を開いてみると、そこにあったのは鍵。よく住宅などの玄関ドアに使われる鍵だ。

――これ、もしかして社長の部屋の……？　なぜ、これを私に……？

またクエスチョンマークが頭の中に広がった。疑問を抱きつつ目の前の社長を見上げる。

「それ、本永さんが持ってて。で、場所に関してはさっきスマホに送っておいたから」

「い、いやあの、私、こんな重要なもの預かれません」

「なんで」

社長がわかりやすくムッとする。

「だって……」

「本永さん、俺のこと好き？」

「!!」

大勢の人が行き交う駅構内で、いきなりなんてことを言うのだ。

慌てて周囲を見回すけど、人が多ければ多いほど、ただ話をしているだけに見える私達のことなど誰も気にしていない。そのことに気がつき、ホッと胸を撫《な》で下ろす。

「そんなに周りを気にしなくたって大丈夫だよ。大声で話してるわけでもないし」

「そのようです……」

「で、さっきの返事は？」

一度社長と目を合わせる。「ん？」と私の返事を待つその顔がイケメンすぎて、目を合わせるのは数秒が限界だった。

この人、なんでこんなに格好いいの。

「……はい」

素直に頷くと、社長の目尻がわかりやすく下がる。

「いつでもいいからここに来て。なんならこのあとでもいい。……いやむしろ、このあと俺が帰宅したとして、本永さんが待っていてくれたら嬉しい」

——なんと!!

「いっ……いやあの!! そんな、まだ付き合い始めたばかりなのに……」

遠慮して手を左右にぶんぶん振っていると、その手首を社長に掴まれた。

「付き合い始めたばかりだからこそ、もっと一緒に過ごしたいんだけど。この二日間、俺がどれだけ我慢したと思う？」

「……ど、どれだけ我慢されたんですか？」

「すごく」

即答だった。

「多分、本永さんが想像もしていないほど我慢した。初日の夜は特に」

「しょ、初日の夜……」

キスした夜だ。もしかしたらあのあと……そういう流れになっていたかもしれない、という……想像したら顔がカーッとすごい勢いで熱くなった。多分今、真っ赤になってる。

「顔。可愛いことになってるけど……」

社長がクスッとする。

笑われてもなんでもいい。今の自分は、理性で感情をコントロールすることなど不可能だった。

――このあとって……このあと……私に部屋で待ってろっていうの……？

常識で考えたら、付き合い始めたばかりなのにまだ早いのでは、と思う。

でも、私はアラサーの、年齢＝彼氏いない歴、の女。

これまでこういう色っぽい出来事がなさ過ぎた分、これからは全力で恋愛イベントには乗っかっていきたい。

だとしたら、ここは間違いなくGO、である。

「お……お邪魔じゃないんですか……？」

「なわけないでしょ」

「……私、本気にしますよ」

「してよ」

甘い声に、お腹の奥のほうがずくんと疼《うず》く。

好きな人に求められているというのはこんなに嬉しいものなのかと、今初めて知った。

「わかりました……」

私の返答に社長が笑顔で小さく頷く。

「じゃ、手早く仕事片付けて帰ります。部屋行ったら、自分ちだと思ってのんびりしてて」

肩にポンと手を置いてから、社長が素早く去って行く。行ってらっしゃいとばかりに軽く手を挙げて見送っていたら、あっというまに彼の背中は見えなくなった。

——行くことになっちゃったけど……私、大丈夫かな……

彼氏になったばかりの社長から鍵を預かり、そこで待っていろという恋愛初心者からすると、なかなかのドキドキイベントが勃発した。

気持ちを落ち着かせるために、駅構内にあるコーヒーショップに飛び込んだ。そこでアイスコーヒーを飲みながら、スマホに送られてきた社長の部屋を地図で確認した。

おおまかな場所については以前から知っていたが、マンション名や何階に住んでいるのかを、今初めて知った。

——へえ……ここなんだあ……

そのマンションは駅からも近く、近くにはスーパーもコンビニもドラッグストアもある。

時刻を確認したら今は午後一時過ぎ。社長が定時で上がることはないだろうけど、それまではまだだいぶ時間がある。

ずっとこのコーヒーショップにいるわけにもいかないので、社長が住む街を散策しながらマンシヨンに向かうことを決めた。

ガラガラとキャリーケースを引きながら、電車を乗り継いで社長のマンションがある駅に降り立った。そこから徒歩で約五分、商店街から一本脇道に入り、住宅街にさしかかったところにある五階建てのマンションが彼の住まい。再度部屋番号を確認してからマンション内に入った。

彼の部屋は五階の角部屋だった。一人暮らしの男性の部屋に入るということが人生で初めてで、鍵を持つ手が震えた。

——き……緊張する……

ドキドキしながら中に入った。玄関には靴がなくさっぱりしていた。それとは別に中に入った瞬間社長の香りがして、なんだかいきなりあてられそうになった。

「しゃ……社長いないのに、社長いるみたい……」

独り言を言いながら中にお邪魔する。部屋は床がナチュラルな木目で壁は白。入ってすぐ目の前にドアが一つ、廊下の突き当たりにもう一つあるのが、おそらくリビングドアだろう。

そのリビングドアを開けて中に入ると、なんとも雲雀社長らしいセンスのいい空間が広がっていた。

「うわ……」

白い壁と対照的な黒いインテリアはどれもロータイプ。私の背丈ほどある観葉植物がセンスよく配置されて、なんだかモデルルームを見ているような感覚に陥った。多分、部屋が想像以上に片付いていて余計なものが一切ないからだと思う。

――片付けたのかな……確かに社長って、社長室もいつも綺麗にしてるもんなあ……

先代の社長は片付けがあまり得意ではなく、執務室のデスク周りはいつもぐちゃぐちゃだった。それを片付けるのが私の仕事でもあったのだが、雲雀社長に代わってからはそれがなくなった。なんせいつも綺麗に片付いているので、片付ける必要がないのだ。

性格が出るなあ、と思いながら部屋の中を見回す。リビングと隣接している対面キッチンにも物は少ない。シンクは綺麗に磨かれ光り輝いている。とはいえ調理器具などはいくつかあるので、料理をしていないわけではなさそうだった。

――自動調理鍋とかあるし……何作るんだろう……これ、いいな。私、前から欲しいと思ってたヤツ……

人んちの家電を見て物欲しそうにしている私って……と思いつつ、何気なく冷蔵庫の中を見る。こちらもちゃんと片付けてあり、今朝話していたような和食に使用するお味噌や卵が入っている。

「すごいなあ……社長もやって、家のこともちゃんとやってるなんて……」

ますます私の中で社長の株が上がる、と感心しながらソファーに座った。適度に腰が沈み込む、座り心地極上で上質なレザーのソファーにため息が出る。

「こんな人と付き合ってるんだ、私……」

まだ全然現実味がないけど、今目の前に広がっているこの光景が事実だと訴えている。

——ちょっと落ち着こう。

社長が帰ってくるまではまだ時間がある。大人しく待っていよう、と思ったものの、こういう場合何をしたらいいのかがさっぱりわからない。

よくご飯作って待ってるのを漫画とかドラマで見るけど、そういうのを求められているのだろうか。

「うーん……」

悩む。数分悩んで出た結論は、本人に聞こう、だった。

仕事中に申し訳ないとは思うけど、ただずっとここで社長を待っているだけってのは、なかなかキツいので、これは仕方ない。

そう、致し方ないのだと理由をつけて、社長にメッセージを送った。

内容は、これだ。

【待っている間に私にしてほしいことはありますか？　①夕食作り②買い物③なにもしなくていい】

掃除、という選択肢も考えたけど、この部屋はどう見ても掃除の必要がない。ならばと考えたのがこの三つだった。

どんな返事が返ってくるかドキドキしながら待っていると、二分とかからず返信があった。社長からの答えはこうだ。

【③。夕飯は買っていくので気は遣わないように】

「……」

結局、なにもしないでいいという。かといって本当になにもしないでぼーっとするということも苦痛でしかないので、テレビを観てもいいかとメッセージでお伺いを立てた。それに対してはすぐにどうぞと。ついでに加入している配信サービスがあるから自由に観てくれという返事がきた。

――配信サービスか……

我が家のテレビとは比べものにならないくらい大画面のテレビをつけ、リモコンでちょこちょこ操作を試みる。

私もひとつ加入しているけど、社長が加入しているのは私が入っているものとは違う配信サービスだった。

「あ、ここだとこれやってるんだ。へえ……」

気になっていたドラマがあって、なんとなく観始めたら意外とハマって、そのままずっと終わりまで見入ってしまった。

結果、まだだいぶあると思い込んでいた時間はあっという間に溶け、気付けば周囲が薄暗くなり始めていた。

「え、うわっ、もうこんな時間？　社長、帰ってきそう……」

部屋の照明も点《つ》けずにテレビを観ていたので、慌てて照明を点けた。なにもしなくていいと言われたけど、せめてお茶くらいは淹れておきたくて、キッチンでお湯を沸かし、お茶を探すことにした。

——社長は勤務中、コーヒーを飲むことが多いけど、この部屋にはお茶というものがあるのか？

考えながら棚を漁《あさ》ると、茶筒に入った緑茶らしきものを発見した。

お湯は……と思って辺りを見回すと、ウォーターサーバーがあった。お湯も出るタイプなのでこれでいける。

「お湯も出るウォーターサーバーが部屋にあるの、いいな……」

よく見たらこれ、うちの社にあるものと同じでは……とまじまじ見ていると、玄関からガチャガチャと音が聞こえた。ほぼ条件反射で玄関に飛んでいくと、ドアから社長が姿を現したところだった。

「お疲れ様です！」

真っ先にこう言ったら、社長が口に手を当ててぶふっ、と噴き出した。

「嬉しいけど、そこはお帰りなさい、でいいんじゃないのかな」

「あ」

——しまった……つい仕事の癖が抜けなくて……

社長は靴を脱ぎ部屋に上がると、すぐ私に「はい」と紙袋を渡してきた。

「夕飯。知り合いの店にテイクアウトを頼んでおいたんだ。一緒に食べよう」

「えっ!!　あ、ありがとうございます」

社長が部屋の奥へ行ったあと、ちらりと紙袋の中を確認してみる。白い紙の箱に入っているので中に何が入っているのか、これではわからない。ただ、紙袋には「割烹《かっぽう》」とある。

「なんだろ」

リビングのテーブルに紙袋を置き、中身を取り出す。箱の中身はお寿司《すし》だった。

「お寿司、買ってきてくれたんですか？」

差しが入ったマグロはどう見ても中トロ以上。ウニや甘エビなどの食材をふんだんに使用したお寿司は、どう見ても普段あまり食べないような高級な店のそれだ。

——うわ、これ、いくらするの……

ここで思い出す。そうだこの人、社長だったと。

「うん。そこよく友人との会食で使う店でね。いろいろ融通が利くんで、お願いしておいたんだ」

「お気遣いありがとうございます……」

私のためにこんなことしてくれるなんて、と箱を持ったまま喜びに浸った。が、しかし。その箱をひょいと取り上げられてしまう。

ん？　と社長を見上げたら、寿司が入った箱を持ったままにこっと微笑まれる。

「お腹空いてる？　すぐ食べたい？」

「え？　なにか他に用事があるとか……ですか？」

もし用事があるのなら済ませてからのほうがいいかな、と考え始めたとき。社長からの刺さるような視線に気付く。

「俺は、先に別のものが食べたいんだけど」

まっすぐ目を見つめられて言われても、なんのことか見当もつかない。

「……前菜、ですか？　それはどこにある……？」

これに社長が堪えきれないとばかりに笑い出す。

「まあ、そうともいう。でもちょっと違うかな」

「あの……私、鈍いからはっきり言ってくださらないとわからないんですが……」

「わかった。本永さんを抱きたい」

きっぱりはっきり言われて、ひゅっと喉が鳴る。

――だ、抱きたいって……

数秒のち、心臓がばくばくとかつてないほど激しく脈うち始めて、気がついたら胸を手で押さえていた。

「ほ、本当にはっきり言いますね」

「だってはっきり言わないと分かってもらえないから。でも、こればかりは君がうんと言ってくれないと不可能なんだけど……どうかな」

委ねられても、こればかりは経験がないのでどう答えていいのか。

多分、私、これまでの人生で一番対応に困っている。

「そんなこと、わ、私に聞かれても困りますっ！　未経験ですし……」

「だからだよ。もっと時間や準備が必要なら、俺はいくらでも待つよ。でも、本音を言えば俺は今すぐにでも本永さんとそういう関係になりたいんだ。そこは覚えておいてほしくて」

「今、すぐ、ですか……」

この部屋に来ることが決まったとき、ちらっと頭の片隅にそういう出来事が起こるんじゃないか、という考えがよぎった。でも、意外と気を遣うところがある社長だから、私に遠慮してすぐそういう展開には持ち込まないようにしそうだな、なんて自分なりに社長の気持ちを解釈したつもりだった。

「……私、勝手に社長は私みたいな初心者には、すぐ手を出したりしないと思ってました……」

本音を言ったら、社長が顔を手で覆った。

「最初はそう思ってたけど。でも、やっぱり無理だった。頭で考えるのと体ってイコールじゃないから」

「そ……そうでしたか……」

そういうのを聞くと、仕事人間だと思っていた社長も普通の男なんだなって気付かされる。人間らしくていいと、むしろ好感が持てた。

とはいえ、迫られている状況に変わりはない。早く結論を出さないといけないのだが、本気でどうしたらいいのか。

正直言ってまだ心の準備が出来ていない。だけど、誕生日のたびに今年もなにもなかった、と落ち込んでいた私に、とうとう処女を捨てるチャンスが巡ってきたのだ。

これを逃したら……というか、これを拒否して社長を逃すことになってしまったら、絶対に自分は後悔する。それだけは間違いないと断言できる。

——勇気を……ここで出さないで、いつ出すの……!!

心の中でグッと拳を握りしめた。

「わかりました。します」

はっきり言ったら、社長が「えっ」と驚きの声を漏らす。

「いいの？　本当に？」

「はい。今しなきゃいつするのって話ですよ、もう、こうなったら私、逃げませんから」

この言葉に社長が眉をひそめる。

「いや、今しなくてもいつでもできるけど……俺は、なるべく本永さんの負担にはなりたくないと……」

「社長、だめです!!」

話をぶった切って声を上げたら、社長がビクッと肩を揺らした。

「ここで私を甘やかしてはいけません！　そんな、いつでもいいだなんて、そんなこと言ってたら私、いつまで経っても変われないし……それに」

「……それに？」

社長がおそるおそる私の顔を覗き込んでくる。

「いつまで経っても身も心も社長のものだって言えないままです……！」

「本永さん」

目をまん丸にしている社長は、多分驚いている。

――そりゃそうだ、今まで余計なことは一切しない、言わない堅物秘書だったから。

「君、そんなことを考えてたのか、でも……」

社長がなにかフォローしようとしている。でも、私はそれを最後まで聞かず、社長の胸元に手を伸ばした。白いシャツの襟を両手で掴むと、そのまま自分に引き寄せた。

「えっ……」

戸惑う社長の声が耳に入ってはいたが、敢えてそれを無視した。

自分から顔を近づけ彼の口におもいきり自分の唇を押しつけた。触れた瞬間、昨日も思ったけれどやっぱり社長の唇って柔らかい、と思った。あと、ほんの少し冷たい。

全然色気もなにもないキスだ。目を閉じているので、社長が今どんなことを考えているのかはさっぱりわからない。でもいい、知らない、構わない。

多分時間にしたら数秒だったと思う。ずっと押しつけているのもどうかと思い、こちらから身を引こうとした。

しかし、素早く腰に手が添えられて、押しつけた唇の隙間から肉厚な舌が滑り込んでくる。

「!?」

こっちはキスを終えるつもりだったのに、意図せずもっと激しくなってしまった。

――あ、あれ？

腰に添えられた力強い手が、体を社長の方へ引き寄せる。彼の硬い胸板と自分の胸元がぴったり密着して、どちらのものとも分からない心音が全身に響く。

「……っ、しゃ……」

角度を変える隙に声を出そうとしたけど、すぐに彼の唇が追いかけてきて塞がれてしまう。

すごい。

この前のキスは触れるだけだったけど、このキスは違う。大人の男の本領が発揮された、腰が抜けそうになる程の威力を持つそれだ。

彼の体重が次第にこっちにのしかかってきて、だんだん背中が反り返っていく。腰を押さえてもらっているのでなんとか立っていられるが、そうでなければ多分床に倒れ込んでいたと思う。

肉厚な舌が口腔《こうこう》をくまなく蹂躙《じゅうりん》し、歯列をなぞる。舌を引っ込めていると誘い出され、絡め取られて、吸われる。

キスというのは、初心者には非常に対応が難しいものなのだと、今知った。

「も……、む、むり……っ」

なんとか隙間で声を上げると、これまで私の口腔内にいた社長の舌が引っ込んだ。その隙に彼の胸に手を当て、素早く彼と距離をとった。

わかりやすく肩で息をするのは悪いかと思ったけど、息苦しいのはどうにもならない。

正直、めちゃくちゃ苦しかった。

「ちょ……ちょっと、休憩をください……」

こんな私に、さすがの社長も申し訳なさそうにしていた。

「ごめん。つい……スイッチ入っちゃった」

スイッチ入るとこんななの？　す、すごくない？　ていうか、どこでスイッチ入ったの!?

まだドキドキしている胸を押さえながら、照れている社長に視線を移す。

「ほ、本気のキスって、すごいですね。びっくりしました……」

「嫌じゃなかった？」

この質問には、即座に首を横に振った。

「よかった」

わかりやすく安堵したような社長の声に、こっちも少しホッとする。そしてこの微妙に気まずい空間をどう乗り越えようか考えていると、社長の手が私の手首を掴んだ。

「今のキスをＯＫととります。いいかな」

言われて思い出したけど、そもそもキスをしたのは私からだった。それを思い出して顔を赤らめていると、社長が私を連れてリビングを出る。そして向かったのは、玄関を入ってすぐ目の前にあった、あのドアの向こうにある部屋だった。

そこは、寝室だ。

社長が先に寝室の奥へ進むと、カーテンを閉めて間接照明を点けた。それだけでムーディになって、私だけかもしれないけど一気に緊張感が増した。

「……あの」

「もちろん無理なことはしないよ。ちゃんと、本永さんに合わせるから」

ベッドに腰を下ろした社長が、ぽんぽんと隣を叩く。誘われるままそこへ座ると、すぐ頬に社長の手が添えられ、彼の顔が近づきキスをされた。

さっき私がしたぶつかるだけのキスとは大違いの、優しく触れるキス。何度かついばむように触れている間、彼の手が私のシャツのボタンを外し始めた。

軽く襟元を寛《くつろ》げ、首筋にキスをされる。それがくすぐったくて身じろぎしていると、軽く体を押されベッドに倒された。

――う、わ……！

ここがはじまりです、と言わんばかりのこの状況に、極度の緊張で声が出ない。

もはやちゃんと息が出来ているのかすら、わからなくなる。

「緊張しなくていいよ」

「で、でも……私、どうしたらいいのか……」

「なにもしなくていいから。ただ、感じてて」

と言われても。

その感じてろというのが、具体的にどうしたらいいのかわからない……と考えていたら、彼の唇が首筋を滑り下り始めた。それがくすぐったくて、「ふふっ」と声が出てしまった。

「く……くすぐったい……」

「まだ余裕ありそうだね？」

首筋に舌を這《は》わせたり、たまにチュッとキスをしたりしながら、彼の唇が首から鎖骨に移動していく。

「余裕、はないんですけど……」

「そう？　見えないけど」

「未知すぎて、なにがなんだか……」

鎖骨の辺りにいる社長が、ふっと吐息を漏らす。肌に彼の息がかかって、軽く身震いした。

「そっか。まあ、そのうち余計な事はなにも考えられなくなるだろうから」

——え？　それってどういう意味……

彼の見ていないところで真顔になっていると、トップスの中に大きな手が入り、直接肌に触れてくる。

「あ」

意図せず声が出てしまい、社長と視線がぶつかる。

「……びっくりした？」

「少し……」

「このあともっとびっくりさせるかもしれない。先に謝っておく、ごめん」

「え、それってどの程度……」

言いかけてすぐ、背中に回った手がブラのホックを手際よく外した。パチンという音がして途端に胸の締め付けがなくなり、ブラジャーが肌から浮く。

ホック外すの上手い。そう思ったのも束の間、社長の手が乳房に直接触れてきた。

「あ」

気がつけば、シャツの前ボタンは半分以上外されていた。キャミソールが盛り上がり、彼の手が今どのような動きをしているのかが分かる。

胸の谷間に顔を埋めていた社長が、キャミソールを胸の上まで捲《まく》り上げた。ほぼ役割を果たしていないブラジャーをどかし、乳房が露わになる。

彼がおもむろに顔を上げ、まじまじと胸の膨らみを見つめたあと、先端を口に含んだ。

「ん！」

見知らぬ感覚に敏感になってしまい、上半身が大きく反ってしまう。彼が驚いてしまうのではと気になったけど、どうやら動じていない。私に構わずまだ愛撫《あいぶ》を続けていた。

口に含みつつ、反対側のそれを指の腹でぐりぐりと弄《いじ》る。触れられることによって硬さを増してきたそれは、あっという間に勃ちあがり、まるで自ら触ってと自己主張しているようだった。

「は……っ、あ……っ!!」

未知の体験はまだまだ始まったばかり。それなのに、胸への愛撫だけで喘《あえ》ぎすぎて、まるで長距離走したあとみたいになっている。

「や……っ、しゃちょ……!! それ、だめですっ……!」

執拗《しつよう》に愛撫を続ける社長の頭を手で押しのけようとした。でも、嘘みたいにびくともしない。

「気持ちいいってことでしょ? それは止める理由にならないな」

先端に舌を這わせながら、ちらりとこちらに視線を送ってくる。その光景がエロティックで、扇情的で息を呑《の》んだ。

「理由にならないって……は、……あンっ!!」

頂を強めに吸い上げられると、息が止まりそうになって何も反論できなくなる。それどころか子宮がキュンキュンと痛いくらいに疼いて、もっと愛撫を続けてほしいとさえ願ってしまう。

——私……は、初めてなのに、どうしてこんなことを考えてしまうのだろう……

頭の中でははしたないとか、恥ずかしいとすら思う。それなのに、どうして実際に彼を止めるという行動に繋がらないのか。

それは、自分も彼を求めているからだ。

頭の中が恥ずかしい、でも気持ちいい、という文言でいっぱいになっていると、社長が胸元でぼそりと呟いた。

「予想外に反応が良すぎて、ヤバいです」

「ヤバいって、な……」

社長が上体を起こし、ぐっと私の顔に自分の顔を寄せてくる。

見慣れた社長の顔をこんな近くで見ることは、今までなかった。本当に綺麗な顔だなと見とれそうになる。

「理性が働かなくなりそう、ってことです」

「ん……！」

口を開け、舌を出した社長の顔が見えたあと、すぐに唇を塞がれた。肉厚な舌に翻弄され、濃厚なキスが、私を追い立てていく。

その間も彼の手は私の乳房の上にあって、掌《てのひら》の中で激しく形を変えるほどに揉《も》みしだかれた。

「あ……ん、ふっ……」

荒々しいキスで、呼吸がままならない。必死でこっちも拙いながらに舌を絡ませるけど、すぐに社長に絡め取られてそのまま深く口づけられる。

まるで私の唾液から細胞から全部彼に食べられてしまうのではないかと思えてくるくらい、初心者にとって容赦ないキスだ。

——すごい……これが、本気の……

今、自分の身に起こっていることが、まだどこか夢のよう。でも、夢うつつの気分でいられたのは、ここまでだった。

今の今まで胸を揉んでいた彼の手がウエストから差し込まれ、ショーツの中に入った。

「あ、あ」

自分以外ほぼ触れることのない場所を社長に触れられているだけで、すでに恥ずかしさの極致。加えて、少しだけこの先に起こりうることが怖くなった。

「しゃ……しゃちょ……」

「司」

指の動きは止めないまま、社長がこちらに視線だけ寄越《よこ》す。

「え……」

「社長、だとなんだか悪いことしている気分になるんで、今からは司でお願いします」

「つ……かささん……」

「そう。よくできました、清花さん」

不意に名前で呼ばれて、お腹の奥が疼く。

——こんなタイミングで呼ぶなんて、ずるい……

もっともっとこの人のことを好きなる。それが手に取るようにわかる。

しかも名前を呼んだときに、蜜壺の中へ指を入れられてしまった。指は、私の蜜を潤滑油にして、するすると私の中を滑っていく。

自分の中に他人がいるという感覚はとても不思議だった。嫌な気はもちろんない。それどころか嬉しさすら感じてしまう。

なんだか私、自分でも気付かないうちに、社長のことをものすごく好きになってるみたいだ。

——……それを行為の最中に気がつくとか……私って……

どんだけ鈍いの、と自分を恥じる。しかしこの間も私の中にある社長改め司さんの指は、探るように私の中を前後していた。

「すごく濡《ぬ》れてる」

くぐもった司さんの呟きに、カアッと体が熱くなった。

言われなくても気がついていた。さっきから、下腹部の辺りが熱くてたまらなくなっていたから。でもそれを敢えて口に出されてしまうと、恥ずかしさは極致を飛び越えた。死にそうだ。

「やだ、も……は、恥ずかしいっ……怖い……」

好きな人に敏感な箇所を弄られているこの状況と、自分の体がこの先どう反応するかがわからない不安とで自然と涙が溢れてくる。それにいち早く気がついた司さんが、慌てたように空いていた手を私の頬に添えた。

「初めてだと不安だよな。どうする？　今日はやめておく？」

司さんが心配そうに顔を覗き込んでくる。

本当に心底不安で怖くて仕方がないなら、四の五の言わず止めてください、とお願いしていると思う。でもそうしないのは、やっぱり私もしたいから。

好きな人と一つになって、処女を捨てたい。その思いが強かった。

まず先に小さく左右に頭を振った。それから彼の目を見つめる。

「やめないでください……怖いけど、したいんです……すみません」

最後のすみません、は自分でもなんで謝ってるのかがよくわからなかった。それを疑問に思ったのは私だけでなく、司さんも「ん？」と首を傾げていた。

「なんで謝られてるのかよくわかんないけど。でも、したいならこっちも遠慮しないよ。俺はしたいから」

俺はしたい、だなんて言われたら、やっぱり嬉しかった。断る選択肢なんかない。

「し……してください」

「わかった」

今のわかったには、なにか強い意思のようなものが感じられた。それがなにを意味しているのかは分からないけど、どきどきしながら次の行動を待った。

すると、司さんがいきなり私のパンツとショーツを一気に引き下げ、あっという間に足から抜き取ってしまった。

「え、あ」

戸惑う私に構わず、彼が私の脚を軽く曲げ広げた。そこに自分の体を割り込ませると、身を屈《かが》め繁《しげ》みの奥にある蕾《つぼみ》に舌を這わせた。

「!!」

ざらついた舌が敏感なところを這う。ただ一度舐《な》められただけなのに、そこから全身へ電気のような鋭い快感が走った。胸の頂《いただき》を吸われた時とはまた違う感覚に、たまらず腰がビクン！　と大きく跳ねた。

「ひあっ……やっ」

驚いて上体を起こしてしまった。でも、司さんの愛撫は止まない。太股《ふともも》をがっちりと固定して、蕾を嬲《なぶ》り続けている。

「あ……、あ、ん、やあっ……ン!!」

ぴちゃぴちゃという水音が余計に羞恥を煽《あお》る。好きな人にこんなことをさせている自分が信じられない。加えてセックスってこういうことをするんだと、今更ながらに思い知らされた。

「や、やだ……司さん、やめて」

「やだ。やめない」

返事は早かった。

やめるどころか、彼は蕾だけでなく蜜口の辺りまで舐め上げてしまう。

「あ……あ、ふっ……、ん……」

快感が波のように押し寄せてきて、息つく暇もない。どうしたらいいのかわからなくてただ身を任せていると、徐々に下腹部の辺りから得体の知れない感覚がせり上がってきた。

「だ、だめです……あの、なんか変な気分になってきちゃって……」

「……いいよ、そのままでいて」

司さんに訴えても、彼が愛撫を止める様子はない。そうこうしているうちに、その得体の知れない感覚が、自分では制御できないくらいに膨らんできた。

――あ……これ、なんか……やばいかも……

「だめ、だめです……私……」

司さんの頭を押しのけようと再度試みるけど、やっぱりびくともしない。

「ま、待って!!　本当になにか、きちゃう……!!」

「大丈夫だよ。気にしないでそのままイって？」

「そのままって……いやっ、あ、あ、だめっ……ン、あ……!!」

司さんが蕾を強く吸い上げたとき、ひときわ大きな快感がビリビリと全身に走った。その刹那、例の感覚が弾けて頭が真っ白になった。と同時に、私の中にいる彼の指を強く締め上げてしまった。

――な……なに、これ……

一気に全身から力が抜け、軽く放心状態になった。司さんはそんな私から指を引き抜き、微笑む。

「イッたね。もしかしてイクの初めてかな」

「……イク、ですか……？　これがそうなんですか……？」

「そう。清花は感度がいい」

さりげなく名前で、しかも呼び捨てだった。そんな小さな事にキュンとしていると、司さんがシャツのボタンを外し、脱いだ。シャツをベッドの下に落とし、今度はスラックスを脱ぐ。黒いボクサーショーツ一枚になった司さんが、ベッドの脇にあるチェストのような家具から箱を取り出した。

それは、私でも見たことがある避妊具の箱だった。

「挿れるけど、いい？」

再度念押しするように尋ねられ、無言で頷く。それを合図と受け取った司さんが箱から避妊具を取り出し、小さな正方形のパッケージを開けた。

さすがにそれを装着しているところは見られなくて、目を逸らしてしまった。

——いよいよ、するんだ……私……

乱れていた上半身の服を全て脱ぎ捨てた。ついでにぐしゃぐしゃになっていた髪も、結んでいたゴムを取って手ぐしで整えた。

私のそんな様子に気がついた司さんが、なぜかクスッとする。

「髪を解いたところ、初めて見た。いいな」

「そ……そうですか……？」

「うん。もっと見ていたいけど、それはまたあとで。まずはこっちかな」

苦笑しながら、司さんが私の股間に自分のものを宛がった。すごく硬そうで、しかも太い。これを今から自分の中に……？　挿れ……？

私の頭の中にいくつものクエスチョンマークが飛ぶ。多分、私が今考えていることが彼には分かるのだろう。司さんが笑いながら私の腰を掴んだ。

「大丈夫、ちゃんと入るはず。でも、本当に無理だったら言って」

「そんな……」

「力抜いて」

社長である司さんに命令されると、条件反射ではい、と返事してしまう。すぐに力を抜くと、硬い屹立《きつりつ》がグッと私の中に押し込まれた。

「あ……っ」

意外とすんなり入った、と思った。ただ、圧迫感がすごくてなにも言葉を発せない。それに司さんの表情が想像以上に苦しそうで、そっちが気になってしまう。

「キッつ……」

「す、すみません……私……」

「いや、大丈夫。キツいけど、気持ちいい」

そういうものなのか……？　と冷静さを取り戻す。

怖いし痛そうだけど、途中まではなんとか耐えられた……が。痛みはいきなりやってきた。

「痛……」

いけないいと思いつつ、痛みに顔が歪むのを止められない。

「大丈夫？」

「大丈夫……ですけど、これってまだ全部入ってない、ですか……？」

司さんの視線が、一瞬だけ泳いだ。

「まだ半分かな」

「は……はんぶ……!?」

衝撃を受けた。こんなに痛いのに全部入っていないなんて。

——てことは、これって全部入るまでに……どれだけの痛みを……

想像したら恐怖だった。でも、皆経験することだし、セックスで死んだ人など身近にいない。ならば絶対に大丈夫なはず。

「だ、大丈夫です、頑張ります」

「いや、無理しなくていいんだけどね……少しずつ慣らしていくという手もあるし……」

「いいんです。い……挿れちゃってください。痛いことは早めに済ませておきたいですし、それに」

「……それに？」

おそるおそる司さんと目を合わせる。

「こ……これを済ませないと、いつまでも司さんと一つになれない……から……」

司さんは真顔でこっちを見たまま、なにも言葉を発しない。でも、しばらくしてから絞り出すように「参ったな」と漏らす。

「そんなこと言われたら……やめてあげられない」

「えっ？」

はあ……と息を吐き出しながら、司さんが乱れた前髪を掻《か》き上げる。

「まあ、いいか。俺も一つになりたいし……じゃ、ごめん。少しだけ我慢して」

「は……」

はい？　と言い終わるのを待たずして、司さんが動きを再開した。隘路《あいろ》を広げつつ屹立が中へ進むたびに、経験したことのない痛みが私を襲った。

「んっ……!!　はあ、あっ……」

痛みを逃そうと、小刻みに息を吐き出した。でも痛みはなかなか治まってくれなくて、自然と目尻に涙が溜《た》まっていく。それを見つけるたびに司さんが素早く指で拭ってくれて、嬉しかった。

繋がれることが嬉しいから、痛いと口に出さないようにした。今はこの一時的な痛みをどうにか乗り越えれば、なんとかなる。それだけを信じて彼に身を委ねた。

「……っ、全部入った」

司さんが一仕事終えたかのように息を吐いた。

「は……入ったんですか？　本当に？」

「うん。大丈夫？　痛くない？」

彼が心配そうな表情で、私の額にかかる髪を指で避けてくれた。でも、今はそのことよりもちゃんと彼と繋がることができた喜びが大きすぎて、また泣きそうになる。

「よ、かった……できなかったらどうしようかと……」

「うん。でも、これで終わりじゃないから。もう少しだけごめん」

「……え？　あっ⁉」

腰をがっつりと掴まれて、彼が腰を引き、ゆっくりと動き出す。

「いっ……」

痛い！　と叫びそうになるのを必死で堪えていると、彼が私に楔《くさび》を穿《うが》ち始めた。

蜜を纏わせ、浅いところに屹立を擦りつけてから、また奥へ打ち付ける動作を繰り返す。

全部入ったことに喜び、痛さのことなど忘れていたけれど、彼が動き出すとまた痛みが私を襲う。

――うっ……‼　いた……！

痛いけれど、これがセックスというものならば、私は耐える。

「あ、ンッ！　や、あっ……‼」

痛みを顔に出さないように必死だったけど、多分無理だったと思う。司さんの顔にずっと「ごめん、我慢して」と書いてあったから。

——これが処女の痛み……って、一生に一度しか経験しないってことだよね……

痛みに耐えながら、頭の片隅でそのことを考える。なんせ初めてなんだから、この痛みすら大切な思い出になるのでは、なんて思い始めている自分がいた。

「司、さんっ……すきっ……」

思いが溢れて気持ちを口にしたら、司さんが身を屈めてキスをしてきた。目の前にいる彼の首に腕を巻き付けて、今も続く抽送にどうにか耐えた。

やがてこれまで余裕があった彼の表情が苦しげになる。ついでに腰の動きが加速した。ここまでになると、さっきよりも痛みはだいぶ楽になっていて、彼の顔を見る余裕が出てきた。

「は……っ、い、くっ……」

吐息を吐き出しながら、彼が私の体を抱きしめる。それを受け入れるように私も彼の体に手を回し、抱きしめ返す。やがて彼の体が震え、被膜越しに精を吐き出したのがわかった。

「……っ、は……」

ぐったりと私に体重を預けてくる司さんにキュンとする。セックスが終わると男性もこんな感じでぐったりするんだ、と。

なんだか今日一日でいろんなことを知った。記念すべき一日となった。

「……大丈夫？」

避妊具の処理を終えて隣でごろんと寝転んだ司さんが、私を気遣う。

「はい、なんとか……」

とか言いつつ、自分でも大丈夫かどうかがよくわからない。上体を起こして今の自分の状況をしっかり確認しようとしたのだが、シーツにあるものを見つけてしまい背中がひんやりした。

明らかに自分のものと思われる、赤い印。

「す……すみません‼　あの、洗います」

「え。ああ……いやいや、気にしなくていいって。俺としてはむしろ嬉しいというか」

司さんが頬杖をつきながら私を見る。

「清花の初めては俺がもらった、という喜びが大きくて、そんなの気にならないから」

「……‼」

と言われても、やっぱり気になって仕方なかったのでこの後すぐ、シーツを引っぺがして洗わせてもらった。

そしてこの夜は彼が買ってきてくれたお寿司を食べ、彼の腕に抱かれ朝まで目覚めることなくぐっすり眠った。

自分にとって処女喪失というすごく大きな出来事があった。でも、好きな人と思いが通じ合って体を繋げるというのは、こんなに幸せなことなのだと知ることができただけでも、素晴らしい経験だった。なんだかまだ夢の中にいるようだったけど、隣で眠る司さんを見て現実だと思い知る。

一晩中、それを繰り返しながら朝を迎えた。

いつも起床する時間に目が覚め、起きてすぐ、平日だという事実に青ざめそうになる。

けれど、今日は出張の翌日ということで元々休みをもらっていたことを思い出した。隣でまだスースーと寝息をたてる司さんは、午前中だけ休みだ。

——寝顔……初めて見たなあ……

いつも隙がない彼の寝顔を見られるなど、これぞ恋人の特権。

改めて恋人ってすごい……としみじみしながら、先に起きてキッチンに向かう。

朝食は和食だという司さんのため、冷蔵庫にあった鮭を焼き、ご飯を炊いて野菜室にあった野菜で味噌汁を作った。

社長である司さんのためになにかしてあげたい、という気持ちは恋人になっても変わらない。それどころか、これからは今まで以上に彼のためにできることはなんでもしてあげたい。私にできることはなんだろう？　と悩んでしまう。

——でもこれ、司さんからしたら重たいのかなあ……

好きだから、好きな人にはなんでもやってあげたい。そう願う人は多いと思う。

昔からそういう話を聞いても、自分は違うと思っていた。でも今なら、なんでもしてあげたいという人の気持ちがわかる。

世の中には自分が重いタイプだと気がついていない女性もいるらしいし、自分もそのうちの一人にならないよう、何事もほどほどを心がけないと。

「……気をつけよ」

「なにを？」

独り言に返事が返ってきて、危うく叫びそうになる。振り返れば、さっきまで寝ていたはずの司さんがいた。

彼の寝間着は白いTシャツと黒いスウェット生地のハーフパンツ。これまでパリッとした格好しか見たことがなかったので、新鮮で目の保養になる。ついでにセットしていない髪も生活感丸出しで、そんな無防備さもいい。

こんなことを思っているとは悟られないように、驚きで誤魔化した。

「ねっ……寝てたんじゃないんですか！」

「うん。でも、清花がいないから捜しに来たんだけど、朝食？　作ってくれたの？」

「はい。あるものだけで、簡単になんですけど……」

こんなことならここへ来るときに、なにか材料になりそうなものを買ってくればよかった。

などと思いながら、炊き上がったばかりのお米で塩むすびを作る。

「清花はなに食べるの？　焼き魚一人分しかないけど」

「私は塩むすびをいただこうかと」

素手で作るのはなんとなく……な気がして、ラップを使ってお米を纏めていく。

「え。鮭焼けばいいのに。まだストックがあったでしょう？」

「いえ、いいんです。あまり食欲がないので、これだけあればじゅうぶんです」

言ってすぐ、余計な事を言った、と気付く。その不安が的中し、司さんの表情が曇る。

「え。食欲ないの？　もしかしてどこか調子悪い？」

「いやあの、そういうんじゃないんです……ただ」

「ただ？」

「かっ……彼氏の部屋で朝を迎えるというシチュエーションが初めてなので、き……緊張してしまって……」

言ってて自分でも恥ずかしくなってきてしまう。そのまま司さんから目を逸らすと、向こうも無言になってしまった。

なぜ？　と思って彼を見たら、頬を赤らめていたので、なんとなく気持ちは一緒だと分かってしまう。

「そうか。そうだよな。初めてのシチュエーションはな……」

「はい……」

「でも、できるだけ早く慣れてくれると嬉しいんだけどな。一応ほら、この先のこともあるんで」

この先？　と真顔で彼を見つめた。

「俺、婚活するなら俺にしないかって言っただろ？　元々結婚前提で交際を申し込んでいるので、ゆくゆくは一緒に住むことを考えてもらいたいんだけど」

クスッと微笑む司さんに、ああっ!!　と声を上げる。

——そうだった。付き合い始めたことと、昨夜の初体験で頭がいっぱいになってたけど、元々そういう話だった……！

「す、すみません。婚活するって言い出したのは自分なのに、すっかり忘れてました」

「そのつもりでいていいんだよね？」

念押しされて、すぐに首を縦に振った。

「もちろんです。よろしくお願いします」

「こちらこそ。それより……清花、あれから桜井に連絡ってした？」

——ん？　桜井さん？　なんでここであの人の名前が出るのだろう？

「いえ。友人に相談したら、任せてくれって言われたので、お言葉に甘えてお願いしてしまったんです。だから、私から桜井さんには直接連絡していません」

「そうなんだ。で、その後はどうなった？　向こうからまた会ってくれと言われたりは……」

まだ不安げな顔をしている司さんに、こっちまで胸がざわつく。

でも、とくに気になるようなことは何も起きていないので、自信を持って答える。

「いえ。友人によれば、とくに問題なく、向こうも納得してくれたそうです」

あの後、真希との会話の中で、さらりと桜井さんの話が出たときがあった。それによると、歯科医の先生経由で、やんわりとお断りの意思を桜井さん本人に伝えたところ、彼はすんなりとそれを受け入れてくれたそうだ。

【まあ、こういうのは御縁ですからねえ……一回会ってうまくいくほうが珍しいですし】

桜井さん本人がこう言っていた、と真希から聞いた。

お付き合いするのはどうしても無理だけど、やっぱり相手の反応が気になっていた身としては、これを聞いてすごく安堵した。でもすっかり安心してしまい、会ったことすら忘れていた。

――そうだった。司さんにも伝えようと思っていたのに……なんで忘れてたんだろ。あんなに気にしてたのに……

申し訳ない気持ちで司さんに視線を送る。彼は、もう不安そうな顔はしていない。でも、真顔でなにかを考え込んでいた。

「ふーん……そう」

もしかして、司さんと桜井さんとの間には、なにかあるのだろうか。

――まさかとは思うけど、私が関係してたりとか……？

「あの、なにかあるんですか？　気になるんで言ってください」

「んー。なにかっていうんじゃないけど……とりあえず、桜井から連絡が来ても、二人で会わないでほしい。どうしてもと言われて断れなかったら、会ってもいいけど、会うことを俺に話してくれる？」

「……へ？　連絡は……多分来ないと思うんですけど……」

「いや。桜井のことだからわからん。あいつってそういうヤツだから」

憮然《ぶぜん》としている司さんに、ますます訳がわからなくなる。

――そういうヤツって、どういうヤツ…？　全然わかんないんだけど。

「あの、お二人は定期的に連絡を取り合うくらい仲がいいと思ってたんですけど……もしかして違うんですか？」

これに対しても司さんがうーん、と唸る。

「仲が悪いわけじゃないけど、特別良くもない、良くも悪くも同期という繋がりだよ。確かに同じ職場でよく話す機会はあったけど、私的につるんだりはしない。あいつは俺をどこかライバル視しているところがあったしね。だから、いくら俺の知り合いとはいえ、あいつには気を許さないほうがいい」

「そう、だったんですか……」

正直、男と女のことはわからない。だけどそれ以上に男と男のことはもっとわからない。

ここでふっ、と司さんの表情が緩んだ。

「ま、とりあえずなんかあったら俺に話して。それだけ」

司さんの手が私の頭の上にポン、と置かれる。

「はい……わかりました」

桜井さんのことは若干不安が残るけど、気にしない方がよさそうだ。

第五章　恋愛って発見が多い

「本永さんって、なんだか最近変わりましたよね？」

職場に設置されたコーヒーメーカーの前でコーヒーを注いでいたら、女性社員に声をかけられた。

「え……そ、そうですか？」

「そうですよ、髪の色も前より明るいし、お化粧もちょっと変えました？」

そう言いながら私の顔を覗き込んでくるのは、二歳年下の女性社員、前橋《まえはし》さんだ。

流行に乗っかったパツンとした切りっぱなしボブがよく似合い、スマートでお洒落な人と定評がある……らしい。誰かが話しているのを聞いたことがある。

私としては夏でも冬でも構わずノースリーブを着る女性だなあ。と認識していた人だったのだが、まさか向こうから話しかけてくるとは思わなかった。

だって、地味な私と対極にいる人だから。

「化粧……はさほど変えてないんですけど、髪色は少しだけ変えてみました。以前から重たく見えたので、き、気分転換に……」

お洒落な彼女とこんな話をするのがどうにも気が引ける。でも、前橋さんは、花が咲いたような笑顔を私に向けてくれた。

「ですよね！　すごくいいと思いますよ。本永さんによく似合ってるなあって思ってたんです」

「……あ、ありがとうございます。そう言ってもらえるとやった甲斐がありました」

コーヒーをマグカップに淹れ終えて、そそくさとこの場を去ろうと一礼したときだった。なぜか前橋さんが私の腕に手を添えて、改まった様子で「本永さん」と小声で声をかけた。

「もしかして、社長となんかありました？」

まさかここで司さんのことが出てくるとは思わず、無言で前橋さんを振り返った。

「……なんかって、なんですか……？」

するとここまで穏やかに微笑んでいた前橋さんの目から、笑みが消えた。

「決まってるじゃないですか、そういう関係になったのか、そうじゃないのかってことですよ？」

腕に触れる彼女の手に力が籠《こ》められる。

「この前、幸田さんと三人で出張に行ったじゃないですか。あのあと、幸田さんだけ体調悪くて先にこっちへ戻って来たって聞きました。てことは、社長と本永さんの二人だけだったってことじゃないですか？　そのときに二人になにかが……！　って、思ったんですけど」

「それは、確かに二人になった時間はありましたけど……で、でも、やましいことはなにもないです……ので……」

本当はいろいろありまくったけど、この場所で事実を言えるわけがない。必死で否定するけれど、前橋さんの表情は訝しげだ。

「本当ですかねえ……なんか、最近社長も前と雰囲気ちょっと違うし、二人、なんだか怪しいと思ってるんですけど……」

「な、なにもないですって。本当に……」

「それに、こう思ってるのは私だけじゃないですよ？　他の女子社員も数人、本永さんと社長の仲を怪しんでます。私、聞いちゃったんで」

ケロッと明かす前橋さんに、「えっ、なんて」と返す。そんな私を見てから、一度周囲を見回した彼女が、私を人気のないところに誘った。

壁に凭《もた》れながら、前橋さんがそのときのことを教えてくれた。

「三人が出張に行ってるとき、何人かの女子が昼食の時に、あの二人なーんかあやしいよねーって話してましたもん。本永さんが急に髪型変えたりして垢抜《あかぬ》けたからだと思いますけどね。で、なにがあったんですか？　実はもう社長と付き合ってたり？」

「そっ、そんなことありませんから！　私がイメチェンをしたのはたまたまでして……」

「そうですかあ？　でも、最初否定したのに後で実は……っていうパターン、結構反感買いやすいですからね。もし他の社員達に詰め寄られたら、はっきり言ってしまうのも手かと思いますよ」

ぐいぐい事実を吐けとばかりに迫ってきていたのに、ここへきてなぜかアドバイスみたいなことを言う。

この人は一体なにを考えているのだろう？

「前橋さんはなにがしたいんですか？　はっきり言って、私の味方なのか敵なのか、さっぱりわからないのですが……」

私とほぼ目線が一緒の彼女に、恐る恐る尋ねてみる。

「私ですか？　私はただ、本永さんの変化が気になって仕方なかっただけです。ちなみに社長のファンでもありませんので。彼氏いますし」

「そ……そうでしたか……よかった」

「よかった？」

何気なく発した言葉尻を拾われて、内心慌てた。

「いや、なんでもな……って、ほら、社長のファンだとしたらもっと追及がすごそうだから!!」

「あ、まあ、それもそうかもですね」

――よかった、必要以上に突っ込まれなくて……！

少なくとも彼女が社長のファン、すなわち私の敵ではなさそうだとわかり、心底ホッとした。

だったら先に言ってくれればいいのに、この数分間とても心臓に悪かった。

あからさまに安堵した私を見て、前橋さんがふっ、と笑う。

「私はなにも思ってませんけど、本永さんってあまり他の社員と私的な会話をしないんで、勝手にイメージを作られちゃってる感じはしますね。それが勿体ないなあっていつも思ってます。これを機に、もっと他の社員と交流してみてはどうでしょう？」

「勝手なイメージって……一体どんな？」

「んー、まあ、それはまた今度話しますね。ここじゃちょっと……」

前橋さんがちらっとフロアに視線を送る。つられてそちらを見ると、マグカップを持ってさっきまで私達がいたコーヒーメーカーに近づく社員がいる。

——絶対アレだ。堅物ってやつだ。

分かってはいるけど改めてそれらしきことを匂わされると、地味にショックだった。こんなことなら、婚活する前に皆の印象を変えるキャンペーンみたいなことをすればよかった。

「ん？　そんな落ち込むようなことでもないんですけどね……？　まあいいか。じゃ、本永さん今度よかったらご飯行きましょ。では～」

手をひらひらさせながら前橋さんが去って行く。

【勝手にイメージ作られちゃってる感じ……】

——そうなのか……ていうか、私って周囲から浮いていると思い込んでいたけど、実はそうじゃなかったのかな……？

気になるけど、今すぐ彼女を追いかけて食事に誘うのもどうかと思う。なので、なんとかモヤモヤをかみ殺しながら自分のデスクに戻った。

社長秘書という仕事に就いているわけだが、うちは大企業というわけでもない。よって、社には秘書課というものは存在せず、私の所属は総務部総務課。そのため、秘書の仕事がないときは総務の仕事もする。

今日は店舗採用の社員の二次面接をここ、本社で行う。その準備のため会議室にいたら、コンコンとドアをノックされた。

振り返り、ドアを見れば隙間から姿を現したのは、司さんだった。

「お疲れ様。早いな、もうそんな時間だっけ」

「いえ、まだ時間はあります。準備だけ先にしてしまおうと思って」

デスクの上を台拭きで拭き上げている私に、彼が歩み寄る。

「……あれから体は大丈夫？」

耳元で囁《ささや》かれた内容にドキッとする。それと同時に、誰かが聞いていたら大変なことになると、慌ててドアに視線を送った。

「ちょ……」

「いや、誰もいないから。あのあとずっと気になってたんだ。清花、大丈夫としか言わないからさ」

司さんの顔から笑みが消えた。その表情から本気で心配してくれているのだとわかる。

「ほ……本当に大丈夫ですよ！　そんなに心配してくれなくとも……」

「あとさ。清花は仕事でもそうだけど、すべてを完璧にやろうとするところ、あるでしょう？　でも、俺とそういうことになった以上、完璧は目指さなくていいから。仕事はまあ、それなりのクオリティは求めるけど、私生活はゆるゆるで構わないよ」

ゆるゆると言われて、咄嗟に頭に浮かんだのは休日の自分。

普段仕事で気を張っている分、休日となると締め付けのない服でダラダラ過ごすのが当たり前になっている。

気を遣ってくれるのは嬉しいけど、実際にそんな姿を司さんに見せ……られるわけがない。

慌てて首をぶんぶん左右に振った。

「ゆ……ゆるゆる!?　いやでも、私、ゆるゆるなところなんか見せられな……」

「いやいや……なに言ってんの。結婚するならなんでも見せ合わないとだめでしょ。一緒に生活するなら当たり前のことだけど」

「それはそうですけど、まだ心の準備というものが……それに、私の素を見たら司さんに愛想尽かされる可能性だってあるじゃないですか」

「？　そんなことありえないけど」

真顔でサラリと言われて、こっちが言葉を失う。

――こ、この人……すごいことをあっさり言った……！

「あ、ありがとうございます……嬉しいです……けど。待ってください、さすがに素を完全に見せるには圧倒的に時間が足りません」

「そういうものかな？　ま、いいか。その件に関してはまた。今からは仕事。じゃあ、人が揃《そろ》ったら呼んでください」

「は、はい。承知いたしました」

いきなり仕事モードに戻ったので、少々面食らう。それでも面接の時間も迫っていることだし、私も切り替えて仕事に戻った。

人事担当の社員と総務課長の男性二人と、私が同席した面接が和やかに進み、続いて社長面接となった。司さんを呼びに行き、面接会場となっている会議室に行ってもらうと、彼が姿を現した途端に面接する女性の表情が変わった。

これはどう見ても、ここの社長ってこんなにいい男なの⁉　って驚いてる顔だ。その証拠に、さっきまでは至って穏やかに淡々と話していた女性の顔が、ほんのりと赤らみ始めている。

「初めまして。弊社の代表をしております雲雀です」

「はっ、初めまして……」

慌てて立ち上がって挨拶をする女性は、二十五歳。このくらいの年齢の女性が司さんを見て動揺する姿を、彼が社長となってから何度か見てきたこともあり、感想は「またか」だ。

それは私以外の社員も同じだったようで、面接終了後の会議室を片付けていたら、私が考えていたようなことを話していた。

「俺、雲雀社長を見て赤くなる人を見たの、何人目かな……」

「俺もですよ……まあ、実際格好いいですからね」

そんな社長と最近付き合い始めた私は、どうリアクションすればいいのか。悩むけど、とりあえずそうですね、と当たり障りなく相づちを打った。

このとき前橋さんの言葉が頭を掠《かす》めて、思わず手の動きを止めた。

【最初否定したのに後で実は……っていうパターン、結構反感買いやすいですからね】

彼女が言うことは理解できる。最初は否定したのに後で肯定って、いったんは相手を騙していることになるから。

だとしたら、そういう流れに持っていかれないよう、疑いすら持たれないくらいに司さんと距離を取ればなんとかなるだろうか。

――……いやでも私秘書だし、それじゃ仕事ができないよね？

悩みに悩んだ結果、一番まともな答えをくれそうな人に相談することにした。

それは、社長である司さん本人である。

「周囲に付き合っていることを勘づかれたくない、でも秘書の仕事は続けたい……と」

「はい……前橋さんに言われたんです。最初否定しておいて、実は付き合ってました、っていうのは反感買いやすいって……だから、できればそうなることは避けたいなと……」

まだ彼から鍵を預かったままだった私は、仕事を終えて最寄りのスーパーで買い物をしてから、司さんのマンションにやってきた。

店舗巡回を終えてから帰宅する、という連絡をもらっていたので、彼が帰宅する前になにか食べ物を用意しておこうと思ったのである。この前泊めてもらったときに、なにもできなかったせめてもの罪滅ぼしというか、リベンジみたいなものだ。

スーパーで安かった野菜を中心としたヘルシーなものを作っていると、彼が帰宅。すぐにキッチンに来て私が料理する姿を眺めているので、唐突かもしれないがこの質問を投げかけたのだ。

どんな返答が返ってくるのか待っていると、ふーん、と今切り終えたばかりのたくあんをつまみ食いしながら答えてくれた。

「それなら、一番簡単で周囲が納得する方法があるよ」

「なんですか、それ」

「実際に結婚すればいい。すぐに」

言ってにっこりと微笑まれる。そういうことを言ってもらえるのは嬉しいけれど、まだそれを決断できない自分がいる。

「いやあの、私もその方法があるのは分かってるんです。でも、まだそこまでの気持ちになりきれないというか……」

「俺のこと好きじゃないの？」

「好きですよ！　でも、そうじゃなくて……もうちょっと順を追いたいんです。いきなり結婚とかじゃなくて、お付き合いの時間も楽しみにしたいし。なんせ、は、初めてなので……」

初めて、を強調しつつ彼の目を見る。しばらく私を見つめたまま黙り込んでいたが、観念したらしい。

「そう言われると、強引に迫った身としてはとても肩身が狭いな」

司さんが苦笑する。

「すみません……」

「わかった。俺からすぐに結婚云々は言わない。清花のタイミングでいいよ。待つけど、なるべく早めにお願いします」

ずっと切り刻んでいた野菜が超細かいみじん切りになったことに気付き、慌てて鍋に投入した。

「それよりも、司さんが結婚したい理由ってなんですか？　今まで結婚についてあまり言及しなかったので意外なんですけど……」

「そりゃ、ずっと憧れていた本永さんとお付き合いできたんで、嬉しいから早く自分のものにしたい、というのが一つ」

「えっ。そ、そうなんですか」

だとしたらめちゃくちゃ嬉しいんだけど。

「もう一つは周りからの『いい人がいるんだけど、どう』っていうヤツを回避したいからっていうのもある」

「えっ⁉　そんなのあるんですか‼」

「驚いてるけど、清花も何度か遭遇してるはずだよ。ほら、以前苫野《とまの》工業の社長と会食したときさ。俺がまだ独身って言ったら、だったらいい人いるから、見合いでもしてみないかって圧がすごかったでしょ」

言われて思い出した。株式会社苫野工業の社長、御年七十歳。質の高い家事道具などを作る会社を一代で大きくしたカリスマ社長だ。

その苫野工業の製品をうちの店で置いている繋がりで、過去に先代社長とも何度か会食をしたことがある。彼はその苫野社長に気に入られたらしく、顔を合わせるたびに、

「どうだ、その気になったか」

と言われていた。何度かその場面に遭遇したことがあるが、そういう意味だったのか。

「あー……はい。ありましたね」

「苫野社長、今でも言ってくるんだよ。なんなら結婚式の仲人は俺が、くらいのことも言うし」

「仲人……今の若い人なんか知らないんじゃないですか？　その制度……」

「まあ、昔の人だしね。悪い人じゃないし、仕事ぶりはめちゃくちゃ尊敬してるから、対応が難しくって。でも、結婚もしくは婚約してしまえば、社長ももう俺に誰かを宛がおうとはしないだろ？」

「それはそうですね……」

炒《いた》めた野菜にトマト缶の中身を入れ、水とコンソメを入れて煮込む。これは野菜がたくさん取れるようにとミネストローネ。一応他にもメインになりそうな豚肉のロース肉を塩麹《こうじ》に漬けてあるので、これを焼いて出す予定だ。

でも、そういう司さんの状況を聞くと途端に気持ちが揺らぐ。

私ってつくづく自分のことしか考えていない。

司さんは私に気を遣って、敢えて私のペースで進めてくれようとしているのに。

いくら相手がいい、と言ってくれても、本当にこのままでいいのだろうか。

彼が私を気遣ってくれるように、私だって彼を気遣いたいし、彼のためになにかできるのであれば、してあげたい。それが結婚することだというのなら、ここはやはり。

「……結婚……してもいいのかな……」

ぼそっとひとりごちたあと、まだ近くにいた司さんが「なに？」と振り返る。

聞こえても問題はなかったけど、なんだか今じゃない気がしたので、やめた。

「いえ、お肉をもう焼こうか、どうしようかなって」

「うん、いいんじゃない？　俺、ちょっとシャワー浴びてくる。すぐに戻るから」

「はい」

私が仕事帰りにここへ来ることも喜んでくれて、夕食を作っておくと言ったらそれも喜んでくれた。好きな人が喜んでくれるのはとても幸せで、自分にとっての幸せとはこれなのだと知る。

それにしても、世の中の婚活女子はこういうときどう決断してるんだろう？　身の回りに婚活女子はいないけど、誰かに聞いてみたくて仕方なかった。

テーブルの上にできあがった料理を並べていると、本当にすぐシャワーを終えた司さんが戻ってきた。部屋着のTシャツと、今夜はグレーのスウェットで。髪をタオルドライしている姿が、プライベート感満載でドキドキした。

――うっ……か、格好いい……

あんなこともこんなこともした相手に、今更ときめいている私って一体。

恥ずかしくなりながら席についた私は、いただきますの挨拶をしてからすぐ、彼にお願い事をした。

「あの、今度友達に会ってほしいんです」

「ん？　清花の友達？」

「はい。今一番仲良くしている子なんです。婚活を始めるきっかけをくれたのもその子なので。彼女にアドバイスもらいながらイメチェンしたりして、司さんに気付いてもらえたのもその友人のお陰なんです。だから、是非司さんには紹介しておきたいんです」

友達に会ってくれとか、ちょっと重たいかもしれない。などという私の不安は、次に発せられた彼の言葉によって吹き飛んだ。

「オッケー。いつでもいいよ。なんならここに連れてきてくれてもいい」

「えええっ!!　い、いいんですか？　しかもここに!?」

驚く私に反して、なぜ驚くんだ？　と司さんが首を傾げる。

「そんなの当たり前でしょう。清花にとって大事な人は、俺にとっても大事だよ。それにどうやら清花が一番心を許している人みたいだし？　俺も仲良くなっておかないとね」

話したあとミネストローネを口に運び、美味い。と言ってくれた。そんな司さんに感謝の気持ちでいっぱいになる。

「あ……ありがとうございます……そんなふうに思ってくれていたなんて、すごく嬉しいです……」

「そのほかには？」

「え？」

司さんがぐっと身を乗り出す。

「他にもあるでしょ？　俺に対して思ってること」

にやりとされて、何を要求されているのかをなんとなく察知した。

「……好きです、そういうとこ」

「やった」

嬉しそうに微笑んだ司さんが、今度は豚ロース肉を一口大に箸で切って、口に運ぶ。すると何かを噛《か》みしめるように目を閉じ、額を手で押さえた。

「これも美味い。ヤバい、幸せだ……」

「いやいや、そんな大げさな」

買ってきた肉は特別なものではない。ごく普通の国産豚ロース肉だ。塩麹のお陰で柔らかくいい感じの塩加減に仕上がったけど、普段美味しいものをたくさん食べている司さんならこれくらいは普通ではないか？

首を傾げながら見つめていると、その視線に気がついた司さんが、「いやいや」と改まる。

「肉の美味さはもちろんだけど、彼女が作るとそこに特殊なスパイスが加わってさらに美味さが増すんだよ。知らないの？」

「初めて聞きましたけども……」

「じゃあ、今度は俺が作るから。そのとき、実際に体験してみて。俺のことが好きならきっと美味しく感じるはずだから」

なんだか若干ムキになっているようにも見える。そんな司さんが可愛い。

ただの夕食がこんなに楽しいと感じるのは、いつぶりだろう。

——結婚したら、毎日がこんな感じなのかなあ……

気持ちがぐんぐん結婚に傾いていくのを実感した。

司さんには引き留められたけど、一緒に食事だけして今夜は自分のアパートに帰宅した。

彼が残念そうにしていたのが本当に申し訳なかったけど、月のものが来ているとは言えなかった。

……いや、この場合はちゃんと言った方がいいのか？

――それも含めて、真希にいろいろ聞きたい……

悶々としながら入浴を終えて、いつでも寝られる状況にまでもっていった私は、真希に電話をかけた。

開口一番社長と付き合うことになった、初体験も済ませた。と早速真希に報告したら『早っ!!』と驚かれた。

『ついこの前まで処女だったのに、もう？　社長、やるわね……』

「いやあの、それに関しては私が煽った部分もあるんで……社長はすぐにはしないって言ってたんだよ。これは本当」

『でも、よかったじゃない。思いきって婚活始めた甲斐があったね』

「いやあの、それでね。思いのほか早くこういうことになって、ちょっと戸惑ってまして……」

『戸惑う……って、なにに？　結婚したかったから婚活始めたんでしょ？　なにも問題はないんじゃ？』

真希が疑問に思うのも無理はない。そこで私は、今日あった出来事や自分が思っていることなどをざっくりまとめて彼女に話した。

人生で初めて恋人ができたので、もう少しお付き合い期間を楽しみたい。でも、会社の人達に気付かれたくない。それを話したら、結婚して堂々と社員に報告すればいいと言われたこと。

「……ってことで。今、動揺しておりまして……」

『社長男前ね。彼の言うとおりじゃない？　周囲にばれたくない気持ちも分かるけど、好き合ってる男女って一緒にいると勘のいい人には気付かれやすいから、なかなかねえ……ましてや恋愛初心者の清花に絶対バレないように社内恋愛を続けるのは、正直難しいんじゃないかと思うわ』

「うっ……」

ショックだけど、真希の言葉に納得してしまう。

確かに秘書という立場上、職場で司さんと全く接しないというのは不可能だ。となると社長にお願いして秘書を外してもらうのが一番いい。

……のは重々承知しているけれど、数年間秘書で頑張ってきた身としては、社長が替わって一年経って、ようやく司さんとの日常に慣れてきたところだ。それなのに秘書を他の社員に任せるというのは、なんだか少々残念というか、寂しい。

そんな気持ちを押し殺しつつ、真希の言葉に頷く。

「そうだね……真希や司さんの言うとおりだよ。私には秘密の社内恋愛なんか無理だと思う……。それならさっさと婚約したって報告したほうが気が楽かもしれない」

スマホを持ったまま溜め息をつき、ベッドに仰向《あおむ》けに倒れ込んだ。

『そうよ。そんなことで悩むくらいなら言った方がマシ。それに婚約者だって公表すれば、そのイケメン社長に寄ってくる女も減るんじゃないかな？　独身だとほら、下手に夢見ちゃうしさ』

「……そっか……わかった。じゃあ……勇気を出して社長と結婚前提でお付き合いしてることを公表するよ。彼にもその方向で相談してみる」

『うんうん、いいと思うよ。がんばりな。あ、それとね、公表する前にその社長に会わせてくんないかな？　これまで話に聞くだけだったから、私も実際に会ってみたいなと』

「あ、うん。そのつもりで今話そうとしてたの。もう司さんには了承を得ているので、よかったら今度一緒に司さんのところに行かない？　部屋に抵抗があるなら、どこか店を予約して食事でもいいし」

こっちから話そうと思っていたことを真希が言ってきてくれた。なんて気が合うのだろう……と感動していると、彼女は別のことに感心しているようだった。

『恋愛には疎いけど、そういう根回しは早いのね……さすが秘書。もちろん、ありがたくお受けするわよ。行ってもいいのならお部屋にも是非お邪魔させてもらいたいわ。部屋に行けば社長の生活ぶりがわかるしね』

よくわからないけど褒められたらしい。それに司さんとも会ってくれるみたいで安心した。

そうと決まれば行動あるのみ。

電話を終え早速司さんに連絡を取って、次の日曜日に真希との食事会をセッティングした。司さんが「いいよ」と言ってくれたので、お言葉に甘えて本当に彼の部屋で三人で会うことになった。食事は彼が私に気を遣ってくれて、デリバリーでどうにかしようと決めた。

司さんは真希に会ってもそつなくこなすだろう。きっと真希も司さんなら大丈夫、と太鼓判を押してくれるはず。

そう信じて迎えた日曜日。早く目が覚めてしまった私は、家でじっとしていることに耐えきれなくて、だいぶ早い時間に司さんのマンションへ向かった。

「いらっしゃい」

連絡したとき、司さんは辛うじて起きていた。でも、まさか私がこんなに早く来るとは思っていなかったらしく、まだ寝間着のままだ。

それでも快く迎え入れてくれた彼に、感謝しかなかった。

「ごめんなさい、お休みですもんね、もっとゆっくりしたかったですよね。あの、私のことは構わなくていいので、時間になるまで司さんはお休みになっていてください」

リビングに向かう彼の背中に訴えた。すると、いきなりピタッと歩みが止まり、司さんの背中にぶつかりそうになる。

「わっ!! び、びっくりした……司さん?」

「何を言ってるんだか。清花が来てるというのに、ゆっくり寝てなんかいられないでしょ?」

「へっ……」

振り返るや否や、司さんに抱きしめられた。すぐ目の前から香る彼の匂いに当てられて、目眩《めまい》がしそうだった。

——うっ……いい匂い……やばい、力抜ける……

彼が抱きしめてくれてなかったら、その場にへたり込みそうだった。

「真希さんが来るまであと二時間くらいあるね。どうする？　なにする？」

「な……なにって……なんか、変なこと考えてませんか」

「変なことじゃないよ。大好きな彼女と愛し合いたいという、健全な願い事だよ」

——け……健全？　ちょっとよくわからない……

でも、好きな人とこうやって抱き合っていたい気持ちはわかる。だから今も、すでに離れがたくなってる。……だけど。

「いやあの、今え……えっち、なんかしちゃったら私、寝ちゃうかもしれないんで……できれば真希が帰ったあとでもいいですか……？」

えっち、という単語を出すのにものすごく勇気がいった。でも、言った途端に司さんの腕の力が弱まり、解放してくれた。

「了解。じゃあ、お楽しみは後に取っておきましょう」

笑顔でリビングに歩いて行く司さんの後を追い、真希をもてなすための準備を始めた。

部屋は元々綺麗なので、大がかりな掃除や片付けは必要ない。食事で使用するグラスやカトラリーを用意したり、サラダを作るために近くのスーパーに買い出しに行ったりしているうちに、真希が来る時間が近づいてきた。ちなみにメインは、真希の好きなマルゲリータピザをデリバリーで注文してある。

予定時間の数分前にインターホンが鳴り、モニターに真希の姿が映し出された。すぐに自動ドアを開け、そのまま上まで来てもらうようお願いして、彼女をエレベーターホールまで迎えに行った。

するると数分とかからず真希の乗ったエレベーターが上がってきて、彼女が姿を現した。

「おっ。なに、迎えに来てくれたの？」

ドアが開いた瞬間私が姿を現したので、真希がわかりやすく驚いていた。

「うん。あ、荷物持つよ」

彼女が持っていた白い紙袋を預かる。ずしっとそこそこ重みのあるこの袋の中身は、一体なんなのだろう？

「これなに？　結構重いけど」

「社長の好みがわかんないから、クリニックの近くにあるパティスリーで適当にいろんなもの買ってきたの。余ったら清花が食べるだろうし、いいかなって」

「わー、ありがとう。司さん甘い物食べるから喜ぶと思うよ」

話しながら彼の部屋に招き入れて、リビングへ。真希が姿を現すと、さっきまでのラフな格好から一転、いつもの白シャツと黒いスラックスに着替えた司さんが彼女を出迎えた。

「初めまして、雲雀です。いつも清花がお世話になっています」

丁寧に挨拶する司さんに、真希もバッグを肩から外し、深々と頭を下げた。

「こちらこそ初めまして、兼光《かねみつ》真希です。今日はお招きいただきありがとうございます。これ、お菓子なんですけど、よろしければどうぞ」

真希が私の手にある紙袋を手で示す。それを見た司さんが「ありがとうございます！」と袋を私から受け取り、中身をテーブルの上にあける。

女性が喜びそうなパステルカラーの箱の中から、マドレーヌやフィナンシェ、カヌレなどの洋菓子がいくつも出てきて、司さんだけでなく私も「わー、すごい」と声を上げてしまった。

「うわ、こんなに……すみません、却《かえ》って気を遣わせてしまって」

「いえいえ、清花がお世話になってるんですもの、これくらいはさせてください」

せっかくだからと真希が買ってきたお菓子もテーブルに並べ、デリバリーのピザが届くまで、しばらくお茶で喉を潤すことにした。

リビングのテーブルを囲んだロータイプのソファーにコの字で腰を下ろす。まず気になったのは、誰がこの場を回すか……だ。

――この場合、やはり私なのだろうか……でも、一体なにを話せばいいのだろう……

悩んでいたら、私の予想に反してまず司さんが口を開いた。

「真希さんは歯科クリニックにお勤めと聞きましたが、どのクリニックか伺っても？」

「あ、はい。そうだ、名刺がありますんで……こちらです」

鞄《かばん》の中から素早く名刺を取り出し、それを司さんに差し出した。真希から名刺を受け取った司さんが、思い出したように自分の名刺も彼女に渡した。それを見て、真希が心底感心したように声を絞り出した。

「おお……本当に社長さんだ……なんか、自分の友人が社長さんと付き合ってるなんて、まだ嘘みたいです」

「そうですか？　清花さんはずっと憧れの女性でしたので。私もまだ夢じゃないかと思うことがあります」

司さんの言葉に恥ずかしくて埋まりたくなる。

「つ、司さん……今、そういうのはいいんで……」

「え？　いや、本当に思ってたことだから。実際、清花さんが男性とのお付き合い経験がないと聞いて、すごく驚いたし」

真希がおお、と感嘆の声を上げたのと同じくして、ギョッとして司さんを見てしまった。

「え……そうだったんですか？」

「驚いてたでしょう？　覚えてないの？」

――そうだっけ……こっちはいろいろテンパってて、なにも覚えてないや……

肩を竦めてすみません、と謝る。このやりとりを見ていた真希が、申し訳なさそうにクスッとする。

「あ、ごめん。なんとなくそのときの清花が想像できちゃって……自分から男性経験ないって話しちゃってる辺りで、多分相当テンパってたんじゃないかなって」

「……そのとおりです……」

さすが真希。私のことをよく分かってる。

それから司さんに私達の付き合いについて聞かれた。学生時代からの長い付き合いだと説明すると、彼は私達の関係を羨ましいと言った。

「いいなあ、仲が良くって。なんでも相談できる親友ってとこかな？　そういう存在がいるというのは頼もしいよね」

「社長さんはいないんですか？　親友って」

真希の質問に、お茶を飲んでいた司さんが「ん」と頷く。

「いるよ。俺も学生時代からの友人がね。だけど、今は海外にいるんだ。だからヤツが帰ってくると会うかな。年に一回とかだけどね」

——ん。なんかその話、前に聞いたような。

確か、商社にお勤めの人で、今は南米の方に行ってるとか。そんな話を司さんから聞いた覚えがある。

「そうなんですね。男同士の友情もいいですよね。熱くって……」

「まあ、気が合うヤツはね。でも、人間関係はなかなか大変ですよ。こっちにその気はなくとも勝手にライバル視するヤツもいるし」

「へえ……そうなんですか……そうなるとちょっと面倒ですね」

真希の隣で、私も心の中で「へえ」と漏らす。

――あれかなあ、若いのに社長に抜擢《ばってき》されたから、とかかな……気持ちは分かるけど、実際仕事ができるんだから仕方ないと思うけど。まあ、いい意味でのライバル視なら問題ないと思うけど。

思いのほか話が弾んでいる最中、待っていたデリバリーが到着した。真希の好きなマルゲリータピザをテーブルの上に広げると、彼女の顔が綻んだ。

「わーい、ここのピザ好きなんだ！　ありがとうございます‼」

「いえいえ、どうぞ遠慮なく食べてください」

司さんに勧められ、真希がピザに手を伸ばし、三本の指で上手く掴み、口に運ぶ。それを見てから私達も食べ始めた。トマトがジューシーで、口に入れた瞬間に汁が溢れ出そうになる。真希がいつも言っているけど、ここのピザは生地が美味しいと思う。クリスピーなので薄いけど、噛むと甘みがあって、すごく美味しい。

三人でもぐもぐとピザを食べて、先に真希が一枚を食べ終わった。お茶を一口飲み、彼女が「さて」と改まる。

「社長に、いくつか質問があるんですが。よろしいでしょうか」

「どうぞ？」

同じくピザを食べ終えた司さんが、お手拭きで手を拭いている。

「清花の他にお付き合いしている女性はいないですよね？」

予想外の質問に、私が食べていたピザを噴き出しそうになる。司さんはというと、こんな質問がくるとは思っていなかったらしく、目を見開いたあと笑い出した。

「はっは‼　まさかそんな質問が来るとは……いや、もちろんいませんよ。大丈夫です」

「じゃあ、実は結婚してたりとか、バツイチで子どもがいるとかもありませんか？」

「ないです。未婚ですし、子どももいません。恋人も昔はいましたが、円満に別れています、大丈夫です」

「ちなみにご両親はなにをされてる方ですか？」

「普通の会社員ですね。母は子育てが終わってからショップに勤務してます。実家はここから一時間くらいの場所にあります」

私が驚いている間に、真希が矢継ぎ早に質問を投げかける。そんなことまで⁉　と思える内容なのに、司さんは笑顔でそれにちゃんと答えていた。

「ちょ、ちょっと、真希！　私でも聞いたことないようなことばっかり……」

「だからよ。社長さん、すみませんでした。でも、清花は多分、こういうのを直接聞くのを躊躇《ためら》っちゃうタイプなので、敢えて私が聞きました。でも、これで結構社長さんのことが知れたんじゃないかな？　どう？」

真希が私に聞き返す。

「え……あ、うん。確かに。私だったら聞けないことばっかりでした……」

私と真希を見ていた司さんが、口元に手を当て深く頷く。

「ああ、そうか……俺もうかつだったな。こういうことは、事前に俺の方から清花に言うべきだったのに。むしろ真希さんに気を遣わせてしまい申し訳なかった」

「いえいえ。ちゃんと答えてくれてありがとうございました。社長さんと付き合い始めたって清花に聞いてから、ずっと気になってたんです。あとあと清花が傷つかないように、こういうデリケートなことは先に聞いておくべきじゃないかなって」

「そうですね。俺もどっちかというと清花には全て知っておいてほしいし、話しておきたいと思ってました。ただ、まだ付き合い始めたばかりなので、一度に全部話すと清花がキャパオーバーになりそうだったんで、様子を見てたところはあるかな」

じっと司さんの顔を見つめる。

本当に、私の気付かないところでいろいろ気を遣われている。そのことを申し訳なく思った。

「ありがとうございます……私が恋愛初心者なせいで、司さんには多大なるご迷惑をおかけしてしまい……」

真顔で謝ろうとすると、それを手で制される。

「やめてくれ。別に初心者だろうがなんだろうが、俺が清花を好きなことに変わりはないんで。ていうか俺は恋愛をいくつも経験してきた女性より、清花のように恋愛初心者の方が嬉しいんで」

「え。そうなんですか？」

聞き返したら、司さんが苦笑する。

「もちろんその辺りは人によって考えが違うけど、俺はね」

「よかったね。清花」

真希に微笑まれ、自然とこちらまで笑顔になった。

「うん……ありがとう」

それから残っていたピザを食べたり、私が作ったサラダや、真希が持参したお菓子などを摘まみながら談笑は続いた。

結局この日、真希は「この部屋、異常に居心地がいい」と言って約五時間ほど司さんの部屋に滞在し、満足げに帰っていった。彼女はこのあと彼氏と約束があるらしい。

マンションのエントランスで真希を見送り、司さんの部屋に戻った。私がいない間彼がテーブルの上を片付けてくれたようで、私がここに来た時と同じ光景が広がっていた。

「わ、全部やってくれたんですか？　ありがとうございます」

「いえいえ。それにしても真希さん、いい人だな。清花の幸せをすごく考えてくれてる。ああいう友達は大事にしなくちゃバチが当たる」

「はい、それはもう……重々承知しています」

司さんに言われなくとも、真希のことはめちゃくちゃ大切にしているつもりだ。はっきりいって、司さんと真希のどちらを選べと言われたら、正直選べない。それほど大事な存在なのだ。

「よかったらまた食事に誘おうよ。今度はどこかに美味しい物を食べに行こう」

「はい。是非」

さっき、彼女をエントランスまで見送りに行った際、こう言われた。

『社長、めちゃくちゃいい人じゃん。あの人だったら、絶対清花のこと大事にしてくれる。いいと思うよ』

と、太鼓判を押してくれた。ついでに、初めての恋人があの人だなんて、普通ありえない。できすぎにも程がある。とまで言われた。

大好きな友達に恋人を褒められるって、めちゃくちゃ嬉しいことなんだと、初めて知ることがまた一つ増えた、私なのだった。

――恋愛って、奥深いわあ……

第六章　初めての恋愛はそう簡単にうまくいかない？

司さんを真希に紹介して太鼓判を押してもらえたし、お付き合いは順調に進んでいる。

とはいえ、まだ付き合って日が浅いので、もう少し様子を見てから公表しようと決めた。

――いつから付き合ってたんですか、って聞かれたときに、つい最近っていうのはなんとなく言いにくいし。せめて三ヶ月とか、それなりに期間を置いてからが無難かなと。

隠し事が下手くそな私でも、三ヶ月くらいならどうにか耐えられるはず。まあ、正直言って司さんは公表までまだ期間を置くことに不本意だったようだけど。

『三ヶ月か……微妙に長いな……俺としては、さっさと付き合ってることを公表して楽になりたかったのにな』

私だって本当ならそうしたい。でも、女性社員の気持ちを刺激しないためには、そうするのが最善だと思う。少なくとも、私は。

気持ちはわかるけど、頼むから堪えてくださいと何度かお願いして、どうにか納得してもらった。

その代わり公表するときは婚約ではなく、結婚します。と報告させてくれと約束させられた。

それに関してはもう司さん以外は考えられないので、なんの問題もなかった。

――結婚、かあ……

当分自分とは縁がないだろうと思っていた結婚というものが、すぐ目の前にある。

まず、結婚に必要なものはなんだろうと、自分なりに情報収集することにした。ネットも手軽だけど、よくテレビでCMが流れている結婚情報誌を購入し、帰宅後に読んでみた。

結婚が決まったらなにをするのか、結婚式はどういう流れなのか。雑誌には事前にどんな準備をするのかが細かく書いてあり、今の流行《はや》りはこう、人気のあるウエディング会場はここ、などの情報から、今流行りのマリッジリングブランドやドレスなど、情報量がものすごい。これはおそらく、一晩読んだだけで全てを頭にたたき込むのは無理だと悟った。

――すごい……こんなにあるの……目移りして一人じゃ決められない……！

とりあえず基本的なことだけ頭に入れて、必要になったらまた熟読して検討しようと決めた。

とにかく、結婚に向かってまず私がやるべきなのは、両親に司さんを紹介することだ。

「……二人とも、どんな反応するかな……」

ずっと男っ気のない生活をしていた私が、いきなり結婚するなんて話してすんなり信じてもらえるだろうか。もしかしたら騙されていないか調べるから待て、とか言われたり……

――可能性はあるな。そうならないために、付き合い始めたことだけは話しておいたほうがいいかもしれない。

ベッドに座り直し、母の携帯電話に電話しようとしたそのとき。スマホの画面にとある人からの着信画面に切り替わった。

「……え。なんで……？」

なんで今、この人から連絡が来るのか。その理由が全く思い当たらない。

疑問に思いつつ応答をタップし、困惑しながらスマホを耳に当てた。


「やあ、すみません。急に呼び出してしまって」

仕事を終えてすぐ、指定されたカフェで私を待っていたのは、桜井さんだ。

彼も仕事を終えてすぐなのかスーツ姿で、以前と変わらぬ笑顔で私を迎え入れてくれた。

「いえ、こちらこそ……先日は失礼いたしました」

いきなり桜井さんから電話をもらって、どうしても話したいことがあるから会ってもらえないかと言われた。

だけど司さんからは桜井さんと二人で会うなと言われているし、一度自分の中で区切りをつけた人とまた会う気にはなれなかった。だから、すぐさま断った。しかし、なぜか今回に限って桜井さんに折れる様子は一向になかった。

『そこをなんとか。雲雀に関する事で少々話しておきたいことがあるんですよ』

あろうことか司さんの名前まで出されてしまい、引くに引けなくなってしまったのだ。

――会うなって言われているので会いたくない……でも、司さんのことで話しておきたいこと、なんて言われたら気になってだめだ……

自分の中でいろいろな感情がせめぎ合った結果。司さんには絶対に会うことを話さないでほしい、という条件付きで桜井さんに会うことを、渋々決めた。

通話を終えて、分かっていたけれど案の定、彼を裏切っている現状に胃が痛くなった。でも、桜井さんのことを綺麗に終わらせないと、この先もなにかあるんじゃないか、という不安が私につい
て回ることになる。それだけは避けたかった。

桜井さんと会う場所に指定したカフェは、敢えて私の勤務先から遠い店を選んだ。万が一、司さんに見られたら大変なことになる。それだけはなんとしても阻止したかった。

先に到着していた桜井さんの元へ急ぎ、彼の前に腰を下ろした。長居するつもりはないので、紅茶だけを注文し、目の前にいる桜井さんと対峙《たいじ》する。

「それであの……お話というのは」

「来たばかりでもう本題ですか？　私といるのが嫌だからと言って、そんなに急がなくてもいいのでは？」

「そ……そういうわけではないんですが……」

クスッと笑いながら軽く皮肉を口にする桜井さんに、なんだか妙な違和感を抱く。

この人、こんな感じだったっけ？

――前に会ったときはもっと柔和な感じがしたのに。今日はなんだか、いきなり棘《とげ》があるような気がする。

もしかしてこっちがこの人の本性なのかと疑いたくなる。

「まあ、いいや。なんか、もう良い人がいるって聞きましたよ。それって、雲雀でしょう？」

「えっ」

真希とクリニックの先生経由で会えないことは伝えたつもりだった。だけど、他の男性の存在は明かしてない。それなのになぜ司さんの名前が出てくるのか。

驚いたせいで顔が強《こわ》ばってしまった私を見て、桜井さんの口角がクッと上がった。

「いや、クリニックの先生がね。どうも良い人がいそうだから……ってぽろっと漏らしたんだよ。それで当たりをつけたんだ。顔でわかるよ。やっぱり雲雀か……あいつ、うまくやったな」

その口調は、今まで桜井さんからは聞いたことのない口調で少々面食らった。

なんだか後半は、舌打ちが聞こえそうなくらいの皮肉だった。

「え、な、なんですか、うまくやったって……」

「分かるでしょう？　雲雀は、私が本永さんと会ったと報告してすぐあなたに近づいた。そして、こうなった。つまり、雲雀は私への当てつけであなたに近づいたんですよ」

「……は!?」

想像もしていなかったことを聞かされて、私の脳内がこんがらがる。

「な……なにを言ってるんですか？　そんなことあるわけないじゃないですか！」

「どうしてそう言い切れるんです？」

コーヒーを飲みながら、ちらりと私に視線を寄越す。その目は疑いに満ちている。

穏やかだと思っていた桜井さんがこんな表情をするなんてと、驚きの連続で手が震えてきた。

「……あ、当てつけって……桜井さんはどうしてそう思うんですか。雲雀社長とは同期で親しくしているなら、そんなことありえないじゃないですか」

「俺とあいつはそんなんじゃない」

きっぱり言われて、目をパチパチしてしまった。

「違うんですか？」

「まあね。同期だったし、なにかと話す機会も多かったから、傍《はた》から見れば仲良くしているようには見えたかもね。でも、俺はずっと友達とは思っていなかった。どちらかといえばあいつはいいライバルだった。見目が良いだけでなく仕事もできる雲雀は、常に周りから一目置かれていたし、あいつと仕事で競り合えば自然とこっちも注目されたからね」

司さんも似たようなことを言っていたけれど、桜井さんの言い方はすごく感じが悪かった。多分この人は、司さんに対してあまりいい感情を持っていない。

「え……なんか、酷《ひど》いです」

思わず漏れた私の本音に、桜井さんがハッ、と自嘲気味に笑う。

「私はね、自分のモチベーション維持のために雲雀を目標としていただけなんだ。それなのにあいつ、知り合いから誘われたからってあっさり会社辞めて、今の会社の社長なんかになりやがって……」

手にしていたコーヒーカップをソーサーに戻す音が、さっきより大きかった。

だんだんと桜井さんの本音が漏れ始めた。それを前にして、私はただ黙って話を聞くことしかできない。

そんな私を改めてじっと見つめてから、ふっ、と桜井さんが微笑む。

「もしかしたらあいつがずっと本永さんのことを思っていたのは、本当かもしれないね。本永さん綺麗だし、こんな人がいつも近くにいたら、あいつだってそういう気になるだろう。でもね」

言葉尻が気になって、なにを言われるのかと身構えた。

「あいつがこれまで女性にしてきたこと、俺が知ってる分は全部教えてあげるよ」

「えっ……し、してきたことって……」

心臓がドクドクと音を立てる。

こんな極めてプライベートなことを、桜井さんの口から聞いてしまって本当にいいのだろうか。

また自分の中でいろんな感情がせめぎ合う。

しかし未だ葛藤している私に構わず、桜井さんが話し始めてしまう。

「まずはあれだな、新卒で入社してすぐくらいの頃、同期で雲雀の事が好きだっていう女の子がいてさ。あいつ、新入社員の歓迎会のときその子が勇気を出して告白したにもかかわらず、今は女と付き合う気ないって、素っ気なく断ったらしいよ」

「……そ、その女性はそのあと……」

「泣いてたね。雲雀のヤツ、女性には結構ドライでさ。泣いてる子に対してなんもフォローせずその場を離れたっていうんだよ。そのせいでしばらく周囲の女性社員から総スカン食らってた」

「………そう、ですか……」

――いやでも、入社してすぐでしょ？　付き合ってくれって言われても相手のことなんかよくわかんないうえに、仕事を覚えるのに必死でそれどころではないのでは……

と思ったけど、敢えて口にはせず。

「そのあと、今度は指導にあたってた先輩社員にも口説かれてさ。飲みに行った帰りにそういう意味で誘われたらしいけど、それも素っ気なく断った、と」

「……は、はあ……」

――これもその気がなければ断るのは当たり前では……この場合、むしろ被害者は司さんの方なのでは……

言いたいことをずっと我慢していたら、桜井さんの話がストップした。

「本永さん的には、これ雲雀は悪くないじゃん、って思えるでしょ」

「そ、そうですね。話を聞く限りでは……」

「でもね、そこに行き着くまでに雲雀がやっていることに問題がある。あいつ、八方美人だから。気がない女性に優しくしたり、その気にさせるようなことばかりするあいつが悪い。俺からすれば、彼女たちはみんな被害者だよ」

「さすがに言い過ぎでは……いくらなんでも女性なら相手が自分に気があるかないか分かると思います。それに、司さんが誰にでも優しいのは意図的にやっているわけでもないですし……」

たとえ相手が司さんとの付き合いが長い桜井さんだとしても、好きな人のことを悪く言われるのははっきりいって気分が良くない。

それでも、桜井さんの気分は害したくない。だから、必死で相手が気を悪くしない言い回しを考えながら、フォローしたつもりだった。

でも、桜井さんから醸し出るオーラは、そんな私の努力など無駄だ、と言わんばかりで取り付く島がない。

「そんな彼氏でいいの？　それに、これまでどおりなら本永さんという恋人がいても、雲雀に女が寄ってくるってことになるんじゃない？」

「そっ‼　そんなことないですよ！　さすがに彼だって、結婚したら女性に対する接し方は考えると思いますし……」

「どうかな」

桜井さんがテーブルに肘をつき、気怠《けだる》そうに私を見る。

「基本的に女に優しいのはヤツの元々持った性質だ。そう簡単に治るとは思えないね。それに、社長という立場であれだけの色男なら、これからだって女はいくらでも寄ってくる。本永さんは、そんな日常に耐えられるの？」

「寄ってくるって……」

「君も秘書ならわかるでしょう？　雲雀が一日にどれだけの女性と接しているか。そのうちの何人かがヤツに惚れてたっておかしくない。実際、前の会社であいつに思いを寄せる女性は相当いたよ」

「……そんなにいたんですか？」

「かなりね」

気持ちがずーん、と重くなった。まるで背中に重りがのしかかったよう。

わかってはいる。司さんがどれだけ女性にモテるかなんて、嫌というほどこの一年、実際に見てきた。見ただけでなく、私を介して彼と距離を縮めようとした女性だって何人もいた。

司さんがモテることなど、百も承知。それでもいいと彼を好きになった。

なのに、なぜか桜井さんの話を聞いて、若干だけど心がぐらつく自分がいる。

――で、でも！　彼は私に対して不誠実なことはしない。そう信じてる。

気を取り直して小さく息を吐き出す。

「でも、私はやっぱり……彼のことが好きなので。気持ちは変わらないです」

「そう。あまり男に縁がないって言ってたもんね、本永さん。最初に付き合ったのが雲雀だなんて、ある意味不幸としか言い様がない」

「え……!?」

不幸だなんて言われて、スルーできるほど私も仏じゃない。

「どういう意味ですか、今の」

声に怒りが混じらないよう、平静を装うのが精一杯だった。

「ああ、気に障ったのなら謝ります。申し訳ない。でもね、これは俺の考えですけど」

じろり、と桜井さんを睨む。でも、私が睨んだところでこの人が感情を乱すことはなかった。

「あなたみたいな恋愛初心者は、いきなり雲雀みたいな男を選ぶべきじゃなかった、ってことですよ。あ、もちろん私としろって言ってるんじゃないですよ?」

「わ、わかってます、けど……」

「ですよね。最初に会ったときも微妙そうな顔してましたもんね」

多分、桜井さんとしては思っていたことをサラリと言った程度なのだと思う。その証拠に、この件についてあまり深掘りしてこなかったから。

しかし、私は意外にもこの一言がショックだった。お陰でしばらく心臓がドキドキして、なにか言わなきゃいけないのに全く気の利いた言葉が頭に浮かんでこなかった。

——嘘。私、そんな顔してたの？ すごく気を遣ってたつもりだったのに……ポーカーフェイスできてない自分って、社会人として失格なのでは……

しかしここで意外にも桜井さんの方からフォローが入る。

「ああ、ごめんごめん。そんなにショック受けなくても大丈夫。俺、その辺り人より敏感だからわかったってだけ。普通の人はわかんないと思うよ」

「でも……本当に顔に出ていたのなら、申し訳ありませんでした」

思いっきり凹《へこ》む私を前にして、これまでどこか自信たっぷりだった桜井さんの表情に変化が現れた。予定外というか、扱いに困っているような表情。

今日、この人がこんな顔をするのは初めてだった。

「あのですね……あんな一言で落ち込むのやめてくれませんか。別に、もう会わないって言い切った男になに言われようが普通平気なはずでしょう。それなのに落ち込むって、本永さんは意外と打たれ弱い人なんですか？」

ぐさりと図星を指され、余計頭が垂れる。

「多分……だから普段あまり仕事以外で人と関わらないようにしていたんです。一定の距離を置いていれば、なにを言われたりしても平気だと思えるので」

なるほどね、と言って桜井さんがコーヒーカップに口をつける。飲み終えてから、胸の前で腕を組み、グッと体を乗り出した。

「こんなことで落ち込むようじゃやっぱり、雲雀の相手としてふさわしいとは言いがたいな。悪いことは言わない。あいつなんかやめて、もっと普通の男にしたほうがいいよ。それが本永さんのためだと思う」

「そっ、そんなことできません!!　今更……」

咄嗟に拒否する私を、桜井さんが冷めた目で眺めている。

「今更ったって、これで結婚したらあと何十年も雲雀と一緒に生活することになるんですよ？　やり直しがきくのは今しかないと思いません？　雲雀も本永さんも、傷つくなら癒えるのも早い若いうちのほうがいいでしょう？」

桜井さんの言うことが、いちいち正論ばかりで少々むかつく。

この人、私と年齢はそこまで大きく変わらないのに、なんでこんなに人生を知り尽くしたような事ばかり言うのだろう。

「……っ、でも……私は……やっぱり雲雀社長のことが好きです。自分から別れを切り出すなんて、できません……」

「そ。わかった」

桜井さんが残っていたコーヒーを飲み干し、席を立つ。その際にレシートを持っていこうとするので、慌てて止めた。

「いいです、自分の分は払います」

「いいですよ、これくらいさせてください。なんていうか、少々八つ当たりみたいなところもあるのは自覚しているので」

「……八つ当たり……？」

なんでそんなことをされるのか、身に覚えが全くない。眉根を寄せて桜井さんの言葉を待つ。

「だって、俺が本永さんに会ったたって連絡するまで、あいつは本永さんを口説くことはなかったんでしょう？　なんだか俺がヤツを焚《た》きつけたみたいになってるじゃないですか。これは、本意ではなかったなあ」

「そ、そんなことは……」

——ないって、言えない。確かに私と桜井さんが会わなかったら、司さんに婚活していることもバレなかったんだし……。

すぐに思い直して、「申し訳ありませんでした」と謝った。

私に謝られた桜井さんは少々複雑そうな顔をしていたけど、結局そのままレシートを持って行ってしまった。

「ごちそうさまです……」

もうこの場にいない桜井さんにお礼を言って、紅茶に口をつけた。

桜井さんの言うことは、納得できるところもあるし、できないこともある。

司さんの過去は私も聞いたことがないし、向こうも言わないので知らない。でも、あれだけ顔もいいし性格もいい人だから、過去はそれなりにいろいろあったのだと勝手に思っていた。

八方美人の件も、確かにそういう面はある。でも、今は誰彼構わず愛想を振りまいているように思えないし、彼なりにちゃんとこれ以上は踏み込まないという一線は引いていると思う。

要するに、桜井さんが言いたいのはモテ男の奥さんは大変だよ、ということ。彼が恋愛初心者の私に忠告する気持ちもわからないではないが……

やっぱり司さんを諦めるなんてできない。

「……はあ……出よ」

紅茶を飲み終えて立ち上がると、そのまま店を出て帰路についた。

今夜のことは本当なら司さんに報告すべきなのだろう。でも、なんとなくそんな気になれない。

結局彼に話せないまま、秘密を抱え込むことになってしまったのだった。

そして、これが私にとってストレスの種になった。

仕事中も、仕事を終えて二人で会っているときも、桜井さんと密会したことに負い目を感じてしまい、どうしたって言動がぎこちなくなってしまう。

それを司さんはあっさり見抜いてしまった。

「なんかさ……最近、清花ってなにか悩んでる？」

「えっ」

仕事を終え、会社から少し離れた場所で待ち合わせをして、二人で司さんのマンションに帰宅した。帰宅途中に立ち寄ったデパ地下でお弁当を買ってから彼の部屋に行き、お茶を淹れいただきますと手を合わせて食べ始めてすぐ、こう切り出された。

なんの前触れもなくいきなりだった。絶対動揺しちゃいけないのは分かっていたのに、勝手に目が泳いでしまう。

「い、いえ。なにも……ないです」

「嘘だね」

きっぱり言われてしまい、二の句が継げない。

「このところなんかおかしいんだよなあ……あんまり俺の目を見ないようにしているし、会社でも必要以上に俺に接しないようにしてる。いくら付き合ってることをバレたくないからって、そこまでする必要ってある？」

買ってきたお弁当は仙台の牛タン弁当だ。コリコリとした食感がたまらない牛タンに舌鼓を打ち……たいところだけど、話が気になってそれどころではなくて、一旦箸を置いた。

「それはですね、一緒にいるとうっかり司さん、とか名前で呼んでしまう危険があるからで」

一応、交際していることを気付かれないために必死、という体にしておく。

「つーか、会社で俺と君が話すのはほぼ俺の執務室でしょ。第三者がいない状況なら別にそこまで気を遣わなくたっていいんじゃない」

「それは……そうなんですけど……」

――ああ、そのとおりすぎてぐうの音もでない。

「で、でもほら、いつどこで誰が執務室に飛び込んで来るかわかんないじゃないですか。そのときの為に、常に予防線を張っておくのは大事なことかと……」

「いや、一応皆ノックするでしょ」

司さんが苦笑する。

もうこれ以上、彼と距離を取っている理由を説明できそうにない。かといって桜井さんに会ったことは言えないので、謝るしかできない。

「すみません、やりすぎました……以後、気をつけます……」

「それはいいけど、本当に悩みがあるわけじゃないの？　あるんだったら、今ここで言っちゃえば楽になるかもよ」

「それは大丈夫です。なにかあれば相談しますので」

ここはきっぱりと答えた。

「そう？　わかった。じゃあ、なにかあればすぐに言って」

「はい」

優しい司さんにホッと胸を撫で下ろした。

元はといえば、私が彼からの言いつけを破って、勝手に桜井さんに会ったのがいけないのに。こんなに優しくされると逆に心が痛んでしまう。

——本当に……優しくていい人だよね、司さんって……

そりゃモテるわ、と彼の過去に納得しかない。

過去だけじゃない。これから先もきっとモテると思う。

――桜井さんが言ってたのは、このことなんだろうなあ……

モテる彼氏を持つ女はつらいよ、といったところだろうか。

でも彼と別れたいとは思わない。となると、そういう事実をまるごと受け止める必要がある。

だったら私の選ぶ道は、こうかな。

「……あの、司さん」

「はい？」

「……これはあくまでも相談なんですけど、私、秘書じゃなくて総務のお仕事に専念させてもらうのってアリですか……？」

弁当を食べていた司さんが無言で顔を上げた。

「なに。秘書が嫌になった？」

「そういうんじゃないです。でも、お付き合いもして、仕事でも社長と秘書で行動を共にしてたら、下手すると一日一緒に行動することになるじゃないですか」

「あー、まあ、それはそうだけど」

司さんが私を窺いつつ、お茶を口に含む。

「もちろん一緒にいるのが嫌なわけじゃないです。でも、この生活を続けていった先、私は公私をきっちり分けて生活することができるのか、ふと考えてしまったんです」

「でも、清花は秘書の仕事辞めたくないって言ってたよね」

「はい。仕事自体は好きですから。でも、こうなった以上そうも言ってられないというか……私もだけど、司さんもオンオフのスイッチの切り替え時がわかんなくなるんじゃないかなと」

「それは人によりけりかな」

司さんが再び箸を持つ。

「一緒に事業をやってるとか、夫婦で飲食店を切り盛りしている夫婦なんかいくらでもいる。一方で家で毎日顔を合わせるんだから、仕事くらい別々がいいという人もいる。後者の場合、それが長く円満な家庭を築くために必要なことみたいだけどね。で、俺の場合は……そうだな、多分、どっちでもいける」

「……そうなんですか？」

「うん。俺はね。だからこの件に関しては全面的に清花に任せるけど。……やってみてから考えてもいいんじゃないの？」

「そうですねえ……」

司さんがじっと私を見つめる。

「でも、清花は切り替えできてると思うけどな」

「そうですか？」

「うん。仕事中の清花と俺の部屋にいる清花、雰囲気全然違うから。無意識のうちにスイッチの切り替えができてるんだと思う」

なんだか彼の方が私の事を分かっているようで、意外だった。

——え。そうなの？　私、ちゃんと公私の切り替えできてるの？

「そんなに違います？　自分じゃ全然わからないんですが。あの、もしよかったら具体的にどんな感じか教えてもらえると助かるんですが」

どんな感じって、と司さんが苦笑する。そんな顔がとてもキュートで、小さくときめく自分がいる。

「……うーん……強いて言うなら今の顔かな。職場じゃこんな困り顔しないでしょ」

「いや、してます。誰も見ていないところで」

「してないと一緒じゃん……誰も見たことないし」

おかしそうに肩を揺らす司さんを見ると、こっちも自然と顔が緩む。

桜井さんが言ったことがちらちらと頭を掠めるときはある。でも、今はこの人の側にいられる幸せを噛みしめていたかった。


桜井さんの言葉は気にかかる。でも、そんなことをいちいち気にしていたら身が持たないし、なにより私が疲れる。

だから頭の片隅に置いておく程度にとどめ、桜井さんと会ったことすら忘れ始めた頃。偶然にも、懸念していた状況に遭遇することになってしまった。

それは、うちの会社の会議室で行われた得意先との打ち合わせの場だった。

今日弊社にやってきたのは、江多《えだ》産業の製品開発担当者と営業担当者と広報担当者。営業担当は男性で、あとの二人は女性だ。

エントランスまで出迎えに行き、担当者と挨拶を交わす。三人とはいずれもこれまでに何度か顔を合わせており、軽く世間話をしながら会議室へ案内した。

江多産業さんとはこれまでも他の製品で取引がある。うちのショップは食品から日用雑貨まで幅広い商品を扱っているが、江多産業さんの商品はパッケージデザインもセンスがよく、女性が好みそうなものが多いのが売りだ。もちろんデザインだけでなく、製品のクオリティも高い。地球に優しいエコな製品開発をモットーに掲げていることもあり、弊社としてもこれまで以上に取り扱い製品を増やしたいと考えているところなのだ。

会議に私は参加しないため、会議室の中でどんなやりとりが行われているのかは不明。だけど、私個人も江多産業さんの製品を愛用中ということもあって、もっとうちでの取り扱い製品が増えることをひっそりと願っているのである。

打ち合わせの最中、淹《い》れ立てのコーヒーを持っていったが、時折うちの担当者や向こうの担当者の笑い声が聞こえてきたので、和やかに進んでいるようだとわかる。

もちろん、毎回打ち合わせがこう和やかなわけじゃない。担当者が売れると判断した商品しか扱うことはできないし、販売価格に関しても相手と折り合いをつけないといけない。中には提示した価格を絶対に曲げない担当者もいるので、そういったところと話をつけるのはなかなか骨の折れる作業なのだ。だから雰囲気がいいとホッとするし、その企業のことも好きになる。これは私だけに限らず、社長も同じように感じているらしかった。

『そりゃ、仕事とはいえ結局は人と人の繋がりだからね。相手の印象がよければそのままその会社の印象にも繋がるでしょ。きっと誰だって嫌な担当者と仕事なんかしたくないよ。まあ、時に我慢しなきゃいけない場合もあるけど、それはもう仕事だと割り切ってやってる』

以前、なにかでそういう話をしたら司さんからこう返ってきたっけ。

でも、先代社長もそうだったけど司さんも、なるべく担当者の態度が悪い企業の製品はあまり扱わないようにしているところがあった。もちろん大々的に扱いませんと言ったわけでなく、社員に悟られないよう、それとなくその会社との付き合いを終わらせたりしていた気がする。

——そういうところも、社長の好きなとこの一つなんだよね……

トレイを持って会議室を出たあとも、自分の恋人を思い出してうっとりしてしまった。まずい。とりあえず周りを見回したけど誰も私のことなんか見ていなかったので、よしとした。

予定時間通りに会議が終了し、江多産業の皆様を見送ろうとしたときだった。広報担当の女性が司さんとなにかを話し込んでいるようで、まだ会議室から出る気配がなかった。他の二人はうちの営業担当と話している最中で、広報担当の女性がこの場にいないことに気がついていない。

——なにを話しているのかな？

近くに行きたいけど、さすがにそれはできない。笑顔で他の二人と話をしている最中も、気持ちは完全に会議室の中に持っていかれている。

「あれ、うちの関《せき》は……まだ会議室かな」

ようやく同僚の不在に気がついた営業担当の男性が、周囲を見回す。

「では、様子を見てきますね」

これ幸いにそそくさとこの場を離れ、会議室を覗き込む。するとそこに、まだ話し込んでいる司さんと広報担当の関さんがいた。

私が顔を出すと、まず先に司さんが反応した。

「あ、ごめん。もしかして皆待ってる？」

「はい」

「あっ、す、すみません。では、私はこれで失礼致します」

司さんに会釈した関さんは、私にも会釈して慌てた様子で会議室を出て行った。

「皆を待たせちゃって申し訳なかったな」

こう呟いている司さんに、二人でなにを話していたのかめちゃくちゃ聞きたかった。でも、今はまだ、それはできない。

私はじっと彼を見つめてから、無言でこの場から去ったのだった。

結局この日は午後にも別の企業との打ち合わせが入ってしまい、しかも時間がだいぶ押してしまった関係で司さんと話す時間が全く取れないまま、仕事を終えることになってしまった。

——はあ……なんか、モヤモヤしたまま一日が終わってしまった……

自分のアパートに帰宅して、買ってきたお弁当をテーブルに広げて一人夕食タイム。

司さんはというと、打ち合わせのあと元々入っていた会食の時間が迫っていたせいで、慌ただしく外出してしまった。確か今日は美味しい天ぷらの店に行っているはずだ。

「いいなあ、美味しい天ぷら……」

そのせいで私も天ぷらが食べたくなり、最寄り駅に店を構えているテイクアウトの専門店で野菜天丼を買ってきてしまった。

茄子《なす》、まいたけ、シシトウ、さつまいも、れんこん。それらをサクッと揚げ、甘辛いつゆにくぐらせた天ぷらって、どうしてこんなに美味しいのだろう。

「んー。つゆの甘辛さがご飯とベストマッチ」

天丼って最初に考えた人天才じゃない？　と思いながら食べ進める。ついでにぼんやりと昼間の出来事を思い出した。

司さんと二人で話していた関さんという人は、江多産業で広報を務めている三十代前半くらいの女性である。見た目は三十代というより二十代と言っても通じるくらい若々しく、美人か可愛いかでいうと可愛い感じ。身長も百六十四ある私より小さく、多分百五十五センチくらいではないかと思う。

だから昼間、司さんが関さんの話を聞くために、少しかがんだ姿勢で彼女の言葉に耳を傾けていた姿が『彼女の話を聞いてあげている彼氏』のように見えてしまった。それが多分モヤモヤの原因になったんだと思う。

「だって、関さん可愛いから……」

しかも江多産業の広報を一人で任されているくらい仕事もできる。そんな女性がもし司さんのことを好きだとしたら、私は張り合えるのだろうか。いや、もう婚約者なんだから張り合うっていうのもおかしい話なのだが。

それでも可愛い女性が自分の恋人に近づいていたら、絶対誰だってモヤモヤすると思う。頭で分かっていても実際彼氏が別の女性と仲良さそうにしている光景を目の当たりにしたら、自分は平常心でいられなかった。

「どうしてくれるんだよ、このモヤモヤを……」

司さんに話ができないかとメッセージを送ろうとした。でも、今夜の会食相手が話し好きで、いつも会食となると二時間は話し続ける、そして絶対二次会まで持っていく取引先の社長なので、今夜は無理だと思い直し、やめた。

とりあえず、明日また彼と話してみよう。

翌朝出勤して、いつものローテーションをこなしているとき。執務室のドアがノックされ、司さんが姿を現した。

「おはよ」

「おはようございます……え。顔、死んでませんか」

振り返ってすぐ視界に入ってきた司さんの顔を見て動きが止まった。髪型や格好はいつもどおりだけど、目の下にはうっすらクマができ、表情も優れない。

なんだかとても怠《だる》そうである。

彼は顎を手で撫《な》でながら、ハア……とため息をつく。

「やっぱ分かるか……実は昨日、なかなか帰してもらえなくて三次会まで行ったんだよ……」

「三次会!! それって、何時くらいまで……」

「多分三時まで店にいた。そのあとは時間見てないからわかんないけど、寝る時間はほぼなかった」

ふあああ、とあくびをする司さんを見ながら心の中で思う。昨夜メッセージを送らなくてよかったと。

――いや、逆に送った方がよかったのか……？　そうすれば途中で帰してもらえたかも……

「だったらなにか理由をつけて、途中で帰ればよかったのでは……」

「いやー、あの社長、話は面白いからさ。別に一緒にいるのはいいんだ。ただ、眠かった。それだけ」

これまでも何度か司さんが徹夜したところを見たことがあるけど、今日はいつにも増してお疲れのようだ。

それにしても相手の社長は司さんよりも年上で、確か五十代のはず。元気すぎやしないか。

「……あちらの社長もすごいですね、これで今日も出勤なんでしょう？」

「いや、向こうは遠方に出張だから新幹線で寝るって言ってた」

「そ、そうですか」

向こうは寝られるからいいけど、司さんは寝られないのに。ちょっと可哀想《かわいそう》だと思った。

——いや、それよりも昨日のことを聞かないと。でないと、またモヤモヤした一日を過ごす羽目になる……!!

気を取り直して、椅子に腰を下ろした司さんに歩み寄った。

「司さん、すみません。気になってることを一つだけいいですか」

「ん？　うん、なに？」

「昨日、会議室で江多産業の関さんとずっとなにか話してましたよね。なに話してたんですか」

「え」

わかりやすく司さんの目が泳いだのを、私は見逃さなかった。

「なんで目が泳ぐんですか」

「いや、深い意味はないんだけど。それはですね……」

「はい」

「……話さないとだめかな」

司さんが苦笑いする。なぜ笑う？

「できれば。あ、仕事が絡んでいて話せない、とかなら事情は別なんですけど、そういうことですか？」

「いや。私的なこと。……うーん、なんていうか簡単に言うと、普通に誘われてただけです」

頭に手をやって、とても話しにくそうにしている司さんに、ため息が漏れてしまう。

——やっぱり。

「だったらすぐそうだって言ってくれればいいのに……なんで引っ張ったんですか」

できるだけ声に怒りが混じらないよう、平常心を貫いた。

「そりゃ、本当のことを話したら清花が嫌な気分になるのが分かってたからだよ」

「……私が嫌な気分になるの分かってるなら、関さんと二人きりにならなきゃよかったじゃないですか」

「いや、あの状況で二人きりになるのを阻止なんてできないよ。こっちはてっきり仕事の話だと思ってたし」

まあ、そうかもしれない。実際自分が彼の立場だったら、やっぱり拒否なんかできなかったと思う。

だからこらえろ、自分。

「それで、なんて返事したんですか？」

「もちろん断ったよ。俺には君がいるからね」

「そうですか……」

この状況でＯＫしたってことはないだろうと分かってはいたけど、彼の口からはっきりと断ったと聞けて激しく安堵した。

でも、お世話になってる江多産業の関さんに今度会ったときすごく気まずい。ましてや、私と司さんが婚約したと公表したら、多分関さんも気まずい……

「ていうか、この先のこと考えたら私も司さんも関さんも気まずいじゃないですか。どうしてくれるんです、この気まずいトライアングル」

「もちろん俺だって気まずいよ。でも、これぱっかりはどうしようもないと思うけど。人の気持ちなんかコントロールできないし」

「それは理解できますけど……。もういいです、この話は終わりにします」

多分このやりとりを続けても、弁の立つ司さんに言いくるめられて終わる気がする。

「分かってもらえてよかったよ。むしろごめん、こっちから説明しなくて」

「……いえ。いいんです。私が気になっただけのことですから。では、ここからは仕事の話を」

強引に仕事モードに振り切って、朝のルーティーンを終えた。

でもこれでよくわかった。

自分でも知らなかったけど、私は公私をきっちり分けるのが難しいタイプなのだと。

――世の中の社内恋愛をしている人達は、一体どうやって気持ちを切り替えているの？

それにしても恋愛ってなかなか一筋縄でいかない。付き合って終わりじゃないってことがよく分かる。

「あ、本永さーん。おはようございます～」

明るい声音にビクッとなり、素早く後ろを振り返った。立っていたのは前橋さんだった。

「前橋さん……おはようございます」

「やだ、どうしたんですか。本永さんともあろう人が私ごときに驚くなんて」

今日もトップスをマキシ丈のスカートのウエストにインしたスタイルの前橋さんは、相変わらずのお洒落番長ぶりだ。腰の細さがスタイルの良さを物語っている。

「ごときだなんて。後ろからいきなり声をかけられたら誰だって驚くと思い……って、あ!!」

今度は前橋さんがビクッとする。

「どうしたんですか？　今日の本永さん、なんだかちょっと……」

「あの！　前橋さん今日のランチをご一緒しませんか？」

多分、この会社に入って初めて自分から人をランチに誘った。だから相手がどういうリアクションをするか全く予想できなかったのだが、意外にも前橋さんが笑顔になる。

「えー!!　私でいいんですか？　是非!!　でも珍しいですよね、本永さんが誘ってくれるなんて」

「実はその……ちょっと前橋さんに相談というか、聞きたいことがあるんです。い、いいでしょうか……」

恐る恐るお願いすると、前橋さんが目を丸くして首を傾げた。

「相談？　いいですよ。わかりました、では後ほど～」

もうすぐ始業時間ということもあり、彼女は手をひらひらさせながら行ってしまった。

私はというと、初めてランチに人を誘った自分に震えていた。

自分はやればできるんだ、女性社員とランチなんて、なんだか司さんとのランチよりドキドキする……と、浮かれている場合ではなかった。

誘ったのなら店を予約せねばと慌ててスマホのマップで店を探し始める、私なのだった……


「え、店を予約してくれたんですか？　本永さんが!?」

「はい……だって、私が誘ったんですから、それくらいは当然です」

正午のチャイムが鳴り，早速オフィスを出た私と前橋さんは、近くにあるカフェに向かっていた。

うちのオフィスが入るビルから徒歩で五分くらいの場所に数ヶ月前オープンした、ビルの一階にあるカフェ。通勤の途中にあるので、オープン前からどんな場所なのか気になってずっと工事を見守っていたのである。

外装は女性が好みそうな真っ白な壁に、店名だけのシンプルなロゴ。ドリンクやホットドッグ、ホットサンドなどはテイクアウトもできる。

イートインは昼になるとあっという間に満席になってしまうので、予約が必須、というのをお店のSNSで見たのである。

「そうですよねー、あそこ人気あるから……で、話ってなんですか？　わざわざ私を外に誘い出すってことは、会社みたいな場所じゃ言えないことなんでしょう？」

「そのとおりです。あの、聞きたいことというのはですね……」

「うんうん、なんでしょう？」

にこにこ微笑みながら、前橋さんが待っている。

「あのですね……その、社内恋愛みたいに職場に好きな人がいる場合、どうやって気持ちを隠せばいいのか、と……」

「んっ⁉　社内恋愛⁉　てことはやっぱり‼」

目をまん丸くする前橋さんに、はい、と頷く。

「……先日は場所が場所だったので話せなかったんですけど、実はそう、なんです……雲雀社長と結婚を前提にお付き合いしています」

前橋さんの口がパカッと開き、彼女が手で顔を押さえた。

「やあぁっぱりいい‼　そうじゃないかと思ったんですよ‼　社長も急に雰囲気が甘くなるし、本永さんは綺麗になるし。私の勘は間違ってなかったんですね！」

うわー、うわー、と興奮する前橋さんにこっちが恥ずかしくなりながら、件の店に到着した。

若い女性スタッフに本永ですと名乗ると、すぐに窓側にあった二人掛けの席に案内してくれた。

「私、ここの窓側座るの初めてです。いつも座れなかったんでテイクアウトばっかりしてました」

嬉しそうにしている前橋さんとメニューを覗き込み、二人とも日替わりランチのハーブ鶏《どり》のグリル、マスタードソースがけにした。プレートには、サラダとドリンクとパンがセットでついてくる。

「ここのご飯美味しいって噂で聞いてたし、レビューも良かったので楽しみにしていたんです。おもいきって前橋さんを誘ってよかったです」

「で、さっきの話ですけど」

早速ランチのドリンクが運ばれてきた。私は紅茶、彼女はコーヒー。しかしそれに手をつけることなく、前橋さんが身を乗り出してくる。

「つまり、一緒にいると社長のことが好きだって体から溢れてきちゃうわけですね？　そんな自分に困っている、と……」

「ん？　溢れ……？　そういうのとはちょっと違っていて、ほら、雲雀社長って女性にモテるじゃないですか。そういうのを見て、いちいちイライラしたりモヤモヤしたりしたくない、ということなんですが……」

「あ、そっちですか。なんだ……」

前橋さんが苦笑する。

「頭では彼の事を信じているんです。でも、実際に女性が彼の近くにいたり、あからさまに怪しい言動をしているところを見てしまうと、もう、なんだかいてもたってもいられなくて……社内恋愛をしている人って、どうやってこういう感情を抑え込んでいるんでしょう……？」

「ん？　あの……本永さん。なぜそれを私に聞くんですか？　私、社内恋愛をしているように見えます？」

「……そこまでは分からなかったんですけど、前橋さん恋愛経験が豊富そうだったので……」

「ど、どうかな。そこまで豊富でもないけど。でも、実は前職で一度だけ社内恋愛をしたこと、ありますよ」

そういえば前橋さんは中途入社だった。社交的な性格ということもあり、今じゃすっかり社内に溶け込んでいるので忘れていた。

「あるんですね……ど、どんな感じでした？」

ごくん、と喉を鳴らし、今度は私が前のめりになる。

「うーん、まあ結論から言うと、自分じゃない女が彼氏に必要以上にくっつけば妬きますよね。でも、それって大概見るとわかりますよ。お互いに仕事とは違う感情を持って接していれば、なんとなく雰囲気が違いますから」

「雰囲気……確かに」

彼女の言うとおり、司さんと関さんが普通に話しているだけなら私もそこまで気にならなかった。

「でも、多少妬いたりしたほうが社長喜びそうじゃないですか？　そんなに気にしなくていいんですよ」

「で、でも……仕事に支障が出るかもしれないじゃないですか。それは、どうしても避けたくて」

「出ますかねえ、支障。本永さんってこれまでも淡々と仕事こなしてきたじゃないですか。長年の経験がある限り、ちょっとやそっとのことで仕事がおろそかになったりしないと思いますよ」

ようやくコーヒーを口に付けた前橋さんが、ほうっと息をつく。

「それに、焼きもちやいておろおろしてる本永さん、きっと可愛いから。社長、ますます本永さんのこと好きになるんじゃないですかね。あ、これは私の勘ですよ？」

「絶対そんなことないですって！　それに、仕事が手につかないのは困るんです。私、仕事を取ったらなにも残らないような人間だし」

ブツブツ言っていたら、コーヒーをソーサーに戻した前橋さんが、テーブルの上で手を組んだ。

「本永さんってわりとどうでもいいこと気にするんですね」

気にしていることをズバリ指摘されて、ぐうの音も出なかった。

——……心臓が、痛い……!!

胸を手で押さえて、辛うじて「そうでしょうか……」と絞り出した。

「そうですよ。恋したら皆そんなもんですよ！　それをいちいち気にしてたらそもそも恋愛なんかできませんて。で、どうしても社長と恋愛しているところを周囲に気付かれたくないなら、もう社長と行動を共にするような職はやめたほうがいいのでは」

「や……やっぱりそう思う？」

「部署異動。それか思いきって店舗スタッフ……ていう道もありますけど」

「もちろん考えたことあります」

即座に頷くと、あからさまに驚かれた。

「え、あるんですか？」

「だって、社長と秘書が実は夫婦だなんて、個人商店ならいざ知らず、普通の会社ではあまりないかなって」

「確かに。私も聞かないですね……」

私ががくんと項垂れたタイミングでランチが運ばれてきた。グリルしたチキンの香ばしい香りに、ぐんと食欲をそそられる。

「うわー、美味しそうですね！　チキンにして正解かも～」

前橋さんがうきうきしながらナイフとフォークを手にした。今日のランチは他にも豚の生姜《しょうが》焼きがあって、どっちにしようか悩んだ結果二人ともチキンを選んだのだ。

「でもまあ」

前橋さんがナイフでチキンをカットしながらさっきの話に戻る。

「その辺りを決めるのは社長ですから。なにも夫婦で社長と秘書を務めてはいけない、なんて規定はないはずですし」

「そう……かなあ。前橋さんから見て私と社長って、どんな感じ……？」

「お似合いだと思いますよ。ほら、前に本永さんって周りから勝手にイメージ作られてるって話したじゃないですか」

彼女からその話を出してきてくれた。実は結構気になっていたのでありがたい。

「その話。私……あれからずっと気になってたんですよ。自分が周囲からどう見られているかなんて、自分じゃわからないし……」

ドキドキしながら前橋さんを見る。彼女はどんな言葉を口にするのだろう。

「気にするようなことじゃないですよ？　皆、本永さんに憧れてますから」

「嘘です」

ほぼ反射的に否定的な言葉が出てしまった。それに対し、前橋さんがガクッと首を傾げた。

「なんでそう思うんです。私は事実しか言ってないんですが」

「だって、良く思われるようなことしてないですもん」

「悪いこともしていないでしょ？」

――まあ、確かに……してないけど……

「皆が本永さんをどう見るのかなんて、わかりやすいですけどね？　仕事をきっちりやって、ある程度ちゃんと人に気を遣える。清潔感があって姿勢がいい。加えて社長のことをちゃんと分かってる。これは先代社長のときもですが」

「社長をちゃんと分かってるだなんて、そんなの秘書なら当たり前のことでしょう？　私じゃなくてもできますって」

　これに対して、前橋さんが静かに頭を振った。

「もちろん何年も秘書やってたら相手のことなんか嫌でも覚えますけど。でも、本永さんは今の社長が就任して数日で秘書をそつなくこなしてましたよね？　他の社員は、社長が交代したことで少なからず動揺してたのに、本永さんは淡々と作業をこなしてたじゃないですか」

「……そうだっけ。別に意識してやってたわけじゃないんだけど……」

だってやらないとどんどん仕事がたまる。だから社長が交代しても、それまでどおりに仕事を進めていただけなのだが。

「本永さんがテキパキ仕事している姿を見て、私なんかはちょっと我に返った、というか。そうだった、動揺している場合じゃない、仕事しなきゃってなりましたよ」

「そうだったんですか……なんだかこっちがありがとうございますと言いたくなります」

　ここで前橋さんがふふっ、と笑う。

「私は別に社長を男として見ていないのでわからないんですが、他の若い女性社員なんかは社長がイケメンすぎて仕事が手につかなくて困ったらしいですよ。だから、淡々と社長の側で仕事してる本永さんを自然と尊敬するようになったみたいです」

「え……わ、私を尊敬？　……信じられない。だって私、前女子トイレで融通が利かない堅物って噂されてるのを耳にしたことがあるんですよ？」

「ん？　堅物？　それ、誰の声でした？」

前橋さんの眉間に深い皺《しわ》が刻まれた。

「はっきり覚えてないんですが、派遣の岩田《いわた》さんの声がしたのはなんとなく覚えてます」

岩田さんというのは当時派遣で総務の仕事をしていた女性だ。一年ほど務めていたけど、彼女の方から辞めたいと申し出があり、あっさりと去って行った。

「岩田……ああ！　あの人のことなんか気にしなくっていいですよ。岩田さんって実は不倫してて、不倫相手の奥さんに訴えられて逃げるようにどこかに行っちゃったらしいですから」

「……え！　う、うっそ……」

今知らされた事実に、順調に食べ進めていた手が止まってしまった。

「そうなんですよ。彼女が辞めたあと仲良くしてた子が教えてくれました。それに彼女、自分があんまり仕事できないからって、仕事のできる女性をあからさまに敵対視してたんです。本永さんのことをそんなふうに言ったのも、たぶんやっかみです。気にしなくていいです」

「そ……」

――そうだったの……!?　そんな理由で……!?

彼女の発した「堅物」という単語に悩まされてきた身としては、脱力せざるを得なかった。

「ん。どうしました？」

「力が抜けて……私、ずっと堅物って言われたことを気にしていたんで」

「そうだったんですか!?　だったらもっと早く聞いてくれればよかったのに！」

「仲良く話せる女子社員がいなかったんで……」

別に周りから避けられていたとかそういうんじゃないけど、私が入社したときの同期はもう誰もいない。それに数少ない年の近い女子社員は結婚が決まって退社したり、彼の転勤についていく形で転居したりと一人、また一人といなくなっていったのだ。

その後だいぶ減ってしまった女子社員を補充すべく女性の採用を増やしたが、年齢が離れるとなかなか向こうも寄ってきてくれず、こういうことになったのである。

ちなみに前橋さんはお洒落すぎて声をかけにくかった。そんな理由で疎遠になっていたことは彼女に言えないので、黙っておく。

「なあんだ……じゃ、今度から私とこうやってお話しできますね！　こんなことなら私も、もっと早くに声をかければよかったなあ」

お互いに笑い合いながら、ランチプレートはあっという間に食べ終えていた。時間が余ったのでデザートのチーズケーキも追加してぺろりと平らげてから、オフィスに戻った。

——なんだ、私、堅物じゃないんだ……！

長年の懸念事項だった堅物問題が解決した。その喜びがあまりにも大きかったせいで、このときの私はそもそもなにに悩んで前橋さんを誘って話を聞いてもらったのかをすっかり失念していた。

そのせいもありオフィスに戻ろうとビルに入ったとき、エントランスのすぐ近くにあるカフェで誰かと談笑している自分の恋人と、話し相手の女性を見て頭が真っ白になってしまった。

「え？」

「わっ!!　本永さん、急に立ち止まらないでくださいよ……って、あれ？　あそこにいるの雲雀社長ですよね」

前橋さんも司さんがいることに気がついた。そして、私と前橋さんの二人が同時に視線を送ったのは、話している相手の女性だ。あれはどう見ても江多産業の関さんだった。

「あれー、誰ですかね？　うちの社員じゃなさそうですけど」

「……江多産業の関さんです」

淡々と教えてあげたら、前橋さんがえっ？　と私を振り返る。

「取引先の人なんですね？　なーんだ、私ったら本永さんという彼女がありながら他の女性と密会してるのかと思っちゃいましたよ」

「密会かも」

「……って、えええ!?」

わかりやすく胸を撫で下ろしていた前橋さんに、つい本音が漏れてしまう。

だって、今日の司さんのスケジュールに関さんと会う予定などなかった。ということは、どちらかが直接相手に連絡をして、今こうして会っていることになる。

うちのオフィスがあるビルのカフェにいるということは、おそらく関さんの方が司さんに連絡をして、会う約束を取り付けたのではないだろうか。

もちろん、こんな壁のないオープンカフェで話しているくらいだから、本人はやましさなんて一ミリも感じていないのだろう。

でもせめて事前に連絡が来たから彼女と会う、くらいの一言があれば、私だって偶然見かけてこんな気持ちになることはなかったのに。

――せっかく前橋さんと話してすっきりしたのに、すごくモヤモヤする。

「あ、あの～……本永さん？　大丈夫ですか？」

前橋さんがビクビクしながら声をかけてくる。

「大丈夫です、前橋さん行きましょう」

「え～、絶対これ大丈夫じゃないヤツ……」

彼女はしきりに司さんのことを気にしていたけれど、私は敢えて気付いていないふりをして、そのままオフィスに戻った。

おそらく、修羅場になるのはこのあと。それだけは間違いないと確信していた。

とはいえ仕事中に私的な会話をするつもりはなかった。だから、彼のスマホにひっそりと今夜伺います、とだけメッセージを送っておいた。

いつもなら彼のために食事の支度をしようと、帰宅途中でスーパーに立ち寄ったり、商店街で美味しいお肉を買ったりしてきた。でも、さすがに今夜はそんな気になれない。

それでも司さんが帰ってくるまでなにもせず過ごすのもどうかと思い、勝手にコーヒーメーカーを使いコーヒーを淹れさせてもらった。電動ミルで挽《ひ》き立てのコーヒーの香りに、さっきより気持ちが若干落ち着いた。でも。

——昼間、なんで関さんと会っていたのか。そこら辺をちゃんと聞いておかないと……

でもなんだかこれって、すごく余裕のない彼女みたいじゃない？　で本当はやりたくない。

自分の中での理想は、何事にも動じないスマートな彼女。なのに、実際彼氏ができたら全然理想どおりにいかない。

恋愛って良いこともたくさんあるけど、想像していたより全然面倒だし、感情のコントロールが難しいと知った。

——そりゃ恋愛感情のもつれでいろんな事件とか、起こっちゃうよね……

割と冷静な方だと思い込んでいた私ですらこれなんだもの。感情の起伏が激しい人はもっと大変なんだろうな……などと考えていたら、玄関のドアが開く音が聞こえた。

満面の笑みで出迎えるのは難しいけれど、それでもと思い玄関に向かった。

「お帰りなさい。今日もお仕事お疲れ様でした」

「ああ、うん。……なに？　なんかいつもと雰囲気が違うけど……」

普段どおりに接したつもりだったのだが、司さんに気付かれてしまった。それならもういいや、という気分になった。

「実は、話があって来ました」

「話？」

訝しげな顔をしながら、司さんが廊下を進んでいく。その後を歩きながら、はい、とだけ返事をした。

「清花が改まって話があるだなんて、なんだか怖いんだけど」

「関さん」

名前を出した途端、司さんが足を止めた。

「え？」

「昼間、一階のカフェにいましたよね？　司さんと関さん」

「見てたの⁉」

司さんが驚きの声を上げた。

「見てたわけじゃないです。たまたま外にランチに行って、戻ってきたら司さんと関さんの姿があったってだけです。今日のスケジュール、彼女に会うことは予定にありませんでしたけど」

淡々と司さんに詰め寄りつつリビングに到着した。彼は力なくバッグを床に置き、ソファーに腰を下ろした。

「ごめん……。この間あんなことがあったんだから清花に連絡するべきだと思ったんだよ。でも、昼に関さんから今下に来てるから会えませんかって言われて……つい」

「多分、私がランチで外に出た後ですよね。おそらく関さんから連絡が来て、出て行ったんだろうなって予想はしてました」

「え、じゃあ……」

「でも、なんだかすごくモヤモヤします。普通、彼女がいる男性が自分に気があると分かっている女性に誘われて、二つ返事で飛んでいきます？」

司さんの顔が強ばる。

「いや、なにも二つ返事ってわけじゃ……仕事の事なら後日で結構ですってこっちは一度断ったんだよ。でも、どうしても渡したい物があるからってしつこく迫られて、困って仕方なく会っただけだ」

「……渡したい物って、なんだったんです？」

「なんか、どっかのチーズ使ったお菓子。賞味期限が二日しかないから、どうしても渡したかったらしい」

——なんで司さんにチーズのお菓子？　別に特別好きだとか聞いたこともないけど……

「あれじゃないですか、司さんに会いたかったから無理矢理理由作って会いにきただけでは」

「それは俺もちょっと思った。でも、現在進行中で取引のある相手なんだ。そこまで邪険にできないだろう？　清花なら分かってくれると思ったんだけど」

今の言葉。一見するとそんなに引っかかるようなものじゃない。だけど、私なら分かってくれる、という一文に、私の中のなにかが敏感に反応した。

「私ならって……私なら、他の女性と二人でいても許してくれるって、そう思ったってことですか」

それってどういう意味？　と思いながら発したので、思いのほか声が低かった。だからだろうか、司さんの顔が呆気にとられている。

「え？　清花、どうし……」

「言ったとおりですよ。私って、自分の恋人が他の女性と二人でいても焼きもちやかないって思われてるんですね？」

「いや、そんなことは……」

「残念ながら、焼きもちめちゃくちゃやいてます。というか、私、司さんと付き合って自分がいかに焼きもちやきなのかを知りました」

「そうなの？」

さっきまで驚いていたのに、途端に嬉しそうな顔をする司さんに、こっちは苦笑いだ。

「なんでそんなに嬉しそうなんですか」

「そりゃ、嬉しいからだよ。もちろん清花になにも言わず関さんに会ったのは申し訳なかった。でも、誓って彼女とはなにもないから」

——なにもない、か……

司さんと付き合って結婚して一緒に生活すると、この言葉を何度聞くことになるんだろう。

「モテる人と付き合うというのは、こういうことなんですね……」

「清花？」

ぶちまけたい気持ちはある。なんで釘を刺したばかりでこういうことをするのか、と。

でも、この人は社長だから。相手は取引先だから、我慢しなきゃいけないんだ、とか。

――我慢……我慢しなきゃいけないんだ、私が……

別に、相手を困らせたいわけじゃない。なのになぜだろう。目が潤んできて、ポロリと涙が零れた。

それを目の当たりにした司さんは、これまで見たこともないくらい動揺していた。

「さ、清花……!?」

「……私、司さんのことは好きです。結婚もしたいです。でも今は、いろんな感情がごちゃ混ぜになってて、ちょっと……。少し、気持ちを整理する時間が必要かもしれません、だから」

私はバッグの中からこの部屋の鍵を取り出し、テーブルの上に置いた。

「しばらくここへは来ませんし、二人でも会いません」

「ちょ、ちょっと待ってくれ」

司さんが急いた様子でソファーから立ち上がる。

「どういうこと？　まさか、別れたいとか……」

「そういうんじゃないです。ただ、今は考える時間がほしいだけです。自分はこの先どうしたいのか、早く答えを出したいだけです」

「それに俺はいらないわけ？」

「違いますけど……今は私の気持ちを整理したいんです。でないと、ただイライラしたりモヤモヤして、結局司さんに当たっちゃうし……」

肩にバッグを引っかけ、頭を下げた。

「俺の気持ちは無視か」

「無視なんか……」

「別に当たったっていいんだよ。皆、そうやって関係を作り上げていくんだ。なのに、今からそれを放棄してどうするんだ」

やっぱりというか案の定、司さんの言うことが真っ当すぎて、返す言葉に困る。

「だって」

「だってって……」

困り顔の司さんを見たら、いろんな意味で顔がカーッと熱くなってきた。

「すぐ嫉妬する自分が、は……恥ずかしいんです!! っ……わかってよ!!」

吐き出すように訴えた途端、え、という顔をした司さんが視界に入った気がする。でも、それを見なかったふりをしてリビングを飛び出し、そのまま彼の部屋を出てきてしまった。

数歩歩いてからもしかして彼が追いかけてくるかもしれないと、一度だけ振り返った。でも、ドアが開いて彼が私を追いかけてくることはなかった。

第七章　冷静になろう、私

そんなことがあった数日後の週末の夜。私は真希を呼び出し、話を聞いてもらうことにした。

「は？　それで鍵置いて出てきちゃったっていうの？　それから社長から連絡は？」

「事務的なことだけ。ちゃんと会って話したほうがいいかなって思ったけど、向こうがご実家で法事があるからって、前から休み入れてあったのすっかり忘れてて、会えてないの……」

もう、完全に秘書失格。私情を優先して突っ走った結果がこれだ。

真希と会う店を探す気力すら湧かなくて、申し訳ないと思いつつほぼ真希にお任せしてしまった。

ここは一部カウンター席などを除きほぼ全席個室の食事処だ。一応和食がメインだが、他にもオムライスとかパスタなんかもある。ファミリー層に人気があるのも頷ける食事処だ。

静かすぎるところじゃないほうがいいと思って。と予約を入れてくれた真希の気遣いに感謝した。

その食事処の座敷席で、長方形のテーブルに突っ伏して凹んでいる私を肴《さかな》に、真希がビールを飲んでいる。

「ばかだよね～。別に嫉妬したからってなんなのよ。そんなん普通のことでしょ。付き合ってるんだったら今更恥ずかしがることもないじゃない」

「だって、堅物とか言われた私がだよ⁉　それに、先代社長からもいつも落ち着いているって、そこを褒めてもらってたのに。その私が取引先の担当者と二人でいるところを見ただけで、あんなに嫉妬で心が煮えくり返るなんて……もう、自分で制御できない自分が怖くて……」

「そこまで愛されて、幸せもんだな、社長は」

「……幸せかどうか、わかんないよ……」

テーブルから顔を上げて、私は焼酎をロックでいただく。店員さんにこれを頼んだときは真希が「ええっ‼」と声を上げたくらい、普段こんな強めのお酒を外で飲むことはない。今夜だけだ。

「なんでよ。そんなことないでしょ？　ずっと清花のことが好きだったくらいなんだし……」

「だ、だって。別れ際、なんか変な顔してたし……多分、こんな女だと思わなかった、とか思われてるよ、きっと……」

自分で言っててまた落ち込む。

あの場面を思い返しては落ち込むのを、何度繰り返しただろう。

つくづく自分は恋愛に向いていない。だからこの年までそういう縁もなかったのだろう。

「いやー。あの社長はそんなことじゃ嫌いになったりしないと思うけどな。だって、恋愛初心者が面倒なら分かってて手なんか出さないはずだよ？　あの顔なら女に困ることなんかないんだし」

「……それは……そうかもだけど……」

女に困ることがない、と言われてまた落ち込む。分かってはいるけど、私と付き合わなくたって司さんにはすぐ次の恋愛がやってくるはず。

でも、私はこれを逃したらもう次はないかもしれない。となると……

「逃がした魚、もしかして大物……!?」

「いやだから、まだ逃してないから。いろいろ考えなくて良いから、とにかく社長にあやまんな?」

嫉妬のあまり取り乱しました、もうしませんって」

「もうしないって断言できるかどうかわかんないんだけど……」

「またやるんか。一回で懲りなさい、学習しろ」

「うっ……」

ぴしゃりと窘《たしな》められて、肩を竦めた。

真希のいいところは、こうやってだめなものをはっきりダメ出ししてくれるところだ。

口が悪いときもあるけど、それが真希らしさ。

「……分かったよ……だめでも自分がいけないんだから我慢します……」

「それでよし。あ、そうそう。この前うちのクリニックに桜井さんが来たよ」

「えっ」

桜井さんの名を聞いて、動揺が顔に出ないよう、隠すのに必死だった。

「さ、桜井さん、なにか言ってた?」

「いや、とくに。またいい人がいたら紹介してくださいよー、とか？　清花の名前は出なかったよ」

「そ……そうなんだ」

彼の中では私の存在など、もう過去のものなのかも。だとしたら本当に申し訳なかったけど、彼がもう次へ向かってるならそれはそれでいい。

——私も、いつまでもグダグダ言ってないでちゃんとしなきゃ……

「よし。これ飲んだら忘れます。ちゃんと司さんに謝ります」

焼酎の入ったグラスを手にし、宣言してからぐいっと呷《あお》った。それに真希が慌てている。

「え。ちょっと待て。それは忘れるというより、記憶を無くすだけなのでは……」

「大丈夫。これくらいで記憶無くしたことなんかないから」

——と、言っていた私だが。

記憶は無くしていないが、頭痛が酷くて翌日の日曜はほぼベッドの上だった。

ちゃんとするって息巻いたくせに、この体たらく……。こんな姿はとてもじゃないが司さんには見せられない。

——むしろ、喧嘩《けんか》（？）中でよかった……

頭痛薬を飲んで布団をかぶり、本を読んだりスマホを弄ったりとダラダラ過ごす。食欲もあまりないので、冷凍庫にあった白いご飯をレンチンして、お茶漬けにして食べてまた寝た。

「はー……なにも考えないでダラダラするって、いいな……」

こうしていると、そもそも自分は考えすぎだったのではないか、と思えてくる。

恋愛自体初めてで、右も左もわからなくて。でも、司さんに俺と婚活しようと言われて、舞い上がっているうちに彼の事を好きになって、初めてセックスというものを経験したり。

多分、短期間でいろいろ経験しすぎたせいで自分の処理速度が追いついていないんだと思う。

だからテンパって、彼はちゃんと説明してくれたにもかかわらず、女性と一緒にいるのを見て嫉妬したりして……

簡単に言えば、好きな人のことを信じているだけでよかったのにね？

「失敗しちゃったなあ……」

ベッドにめり込みそうなほど、どっぷり落ち込む。

いいんだ。落ち込むだけ落ち込んだらあとは上がるだけだから。

自分に言い聞かせながらゴロゴロしていると、不意にインターホンが鳴った。

――なに？　宅配便かな……

ふらふらと布団から出てモニターを確認する。パッと映し出された顔と格好は、どう見ても宅配業者ではなかった。

「………えっ!!」

モニターに映し出されたその姿は、どう見たって司さんだった。黒いコート姿で、襟元からは白いワイシャツの襟が見えている。もしかして法事帰りに立ち寄ってくれたのだろうか。

「は……はい……」

恐る恐るインターホンに応答すると、不機嫌そうな声が聞こえてきた。

『なんだ、いるじゃん。いないのかと思った』

「ごめんなさい……ちょっと、その……体調があんまり良くなくてベッドにいたので……」

『……体調悪いの？　やべ、ごめん。じゃ、帰……』

「あっ!!　ち、違うんです、その……風邪とかじゃなくて、飲み過ぎで……頭痛……」

『……飲み過ぎ？』

怪訝そうな声を出す司さんに、インターホンで全てを説明するのは無理がある。仕方ない。

「今、ドア開けますから。ちょっと待っててください」

パジャマの上にカーディガンを羽織り、玄関に向かった。ドアを開けると、モニターで見たままの司さんが立っていて、キュンとしてしまう。

――じ、自分の部屋に好きな人が来てくれるって、なんかヤバ……

「しばらく二人で会わないって言われたのにごめんな」

「……いえ、どうぞ。こんな格好ですみません」

「いや、こっちも突然来てごめん。法事で実家に行ったんで土産を買ってきたんだ。だから早く清花に渡したくて」

彼が目線の高さに紙袋を掲げた。中身はなんなのだろう？

「ありがとうございます」

紙袋を受け取り、中に案内した。

私の部屋は1LDK。さっきまでごろごろしていたベッドがあるのが寝室、普段テレビを観たり食事をしたりする部屋が、キッチンと部屋続きになっている六畳ほどのリビングだ。

「へえ……こんな感じなんだ」

部屋に入るなり興味津々に周りを見回している司さんが、なんだか可愛く見える。

「面白そうなものはなにもないと思いますけど……」

とりあえず彼にはリビングにいてもらい、私はキッチンでお茶の用意を始めた。

「いや、そういうんじゃなくてさ……女性の部屋自体あまり入る機会がないから、なんというか視界に入るもの全てが興味深いんだよ。こういうの、仕事にも生かせそうだなと」

「あー……それはありますね。生活雑貨とか、どういうものを好んで使っているとか」

お茶っ葉を急須に入れているときハッとする。普通に話せているな、と。

——この前あんなに気まずい別れ方をしたというのに……なんでこんなに平然としているの。司さん……

まさか忘れてしまったわけでもあるまい。それが気にはなるけれど、秘書の習性で彼が着ていたコートとジャケットをまず脱いでもらった。

真っ黒のコートと、喪服のジャケットからはほんのりとお線香の匂いがした。

「あ、お清め必要でした？」

「いや、大丈夫。それより、土産見てみてよ」

「はい……あ。これ……プリン？」

袋の中から取り出した箱の中に入っていたのは、透明のカップに入ったプリンだった。

「近所になんかうまいものない？　って親に聞いたらそれだっていうから」

カップを軽く横に振ってもプリンはびくともしない。固いプリンのようだ。好きなヤツだ。

「わ、美味しそう。ありがとうございます、いただきます」

とりあえずプリンを冷蔵庫に入れ、先に淹れ立てのお茶をマグカップに入れ彼に渡した。彼はそれに軽く口をつけてから、リビングの真ん中にあるちゃぶ台のような小さなテーブルに置いた。

「それで、どうして二日酔いなんだ？」

絶対突っ込まれると思ってたけど、案の定だった。

自分のお茶を持ち、テーブルを挟んで彼の前に腰を下ろした
「そんなの、決まってるじゃないですか。司さんならわかるでしょ」

憮然としながら言い返した。それに対しての司さんは、やはり、という顔をしていた。

「もしかしたらそうかなって思ったけど、やっぱりそうか。別に、あんなの気にしなくっていいのに」

「気にするなって……そんなの無理です。あんな醜態さらして、恥ずかしくて落ち込むの当然じゃないですか」

はきはき答えているけれど、さっきから司さんを直視できない。

「うん、でも、俺はなんとも思ってないよ。それよりも、鍵置いてかれて、しばらく二人で会わないって言われた方がショックだったけどな」

「……だって……」

「そんなにショックだった？　自分が嫉妬ばかりしてるってこと」

「はい……」

小さく頷きながら肯定すると、司さんがふふっ、と笑う。

「男からすれば彼女が嫉妬してくれるなんて、嬉しい以外にないと思うけど。あ、もちろん異常なのは困るけどね。そうでなければ……」

「異常じゃないなんて、まだわかんないです。もしかしたらこの先、もっと司さんのことが好きになって、もっと嫉妬する可能性だってあります。そうなったら本気で司さんを困らせることになるかもしれないんですよ？」

「いや、待て待て」

ヒートアップしかけた私を、彼がなだめる。

「もちろん今よりもっと好きになってくれるのはありがたいよ。多分、一緒にいる時間が長くなれば互いの思いは深まる。だけど、結婚すると恋愛していたときとは違って、愛情そのものに若干変化が生じると思うんだ」

「変化……ですか」

「そう。例えるなら清花のご両親はどう？　確か以前、夫婦仲は良いって言ってたよね」

「あ、はい……普通にいいですけど」

そういえば以前、話の流れで実家の両親について司さんに聞かれたことがある。

私の両親は共働きで毎日忙しくしているけれど、休日は一緒に買い物に出かけたり、ドライブに行くことが多い。それを司さんに話したら仲がいいんだねえ、と微笑まれた記憶がある。

「君のお母さんは、お父さんの行動をいちいちチェックしたり、女性の影がないかお父さんを問い詰めたり探したりすることはある？」

「な、ないですけど……」

「じゃ、大丈夫じゃない？　君のご両親のように、恋愛感情というものは結婚してある程度の時間が経てば、恋人への愛情ではなく家族への愛情に変わるはず。ましてや子どもが生まれたら愛情はそちらにも注がれる。俺にだけ注がれ続けるというもんでもない」

「それは、そうかもしれないですけど。でも、私の場合は今がこんな状況なので……」

「君のは多分、初めて恋人というものができたからじゃないかな。なんていうんだろう、今だけ俺がよく見えてるみたいな？　多分付き合い立てブーストみたいなものがかかっていて、それはいずれ終わるはず。ずっとブースト状態は続かないよ」

――付き合いたてブースト……？　そんなの本当にあるのかな。

でも、司さんが言うとあながちないとも言い切れない……

信じていいのかどうなのかがよく分からなくて、じっと司さんを見つめる。

「なに。俺、嘘言ってるように聞こえる？」

「いや、そういうんじゃないんですけど……でも、付き合い立てブーストなんて本当にあるのかなって」

「気になるなら実際経験してみりゃいいじゃない。俺から離れないでさ」

「……いいんですか、こんな、面倒な女でも……」

司さんがテーブルに腕をついて、グッと身を乗り出してきた。

「いいんだって。俺は、清花がいいんだ。何度も言ってるのにどうして離れようとするんだよ。清花はいい女だよ。だからもっと自信持っていい。俺が言うこと信じられない？」

好きな人が自分の事をいい女だなんて言ってくれる。これ以上の喜びがあるだろうか。

じわじわと湧き上がる喜びを噛みしめながら、小さく頷いた。

「わかりました……信じます。この前のこと、本当にごめんなさい。それと……鍵も。また、お借りしていいですか」

ふっ、と息を吐いてから、司さんはスラックスのポケットからキーケースを取り出した。そこからこの間まで私が預かっていた鍵を外すと、テーブルの上に置いた。

「もちろん。またいつでもいいから使って」

鍵を見た瞬間、ホッとして力が抜けた。

私、この数日なにやってたんだろう。

悩んでばかりいた自分が馬鹿らしくなってきた。

「いろいろすみませんでした……私、自分があんなに嫉妬するなんて、今回初めて知ったんです。だからちょっと、自分が怖かったというか……感情が理性で制御できないこともあるんだなって、勉強になりました」

「関さんのことね。それは俺も、うっかり会っちゃったからいけないね……すみませんでした。今度からは二人で会わないよう気をつけます。それに、彼女にもはっきり言ったんで。俺、結婚を考えてる彼女がいるって」

「えっ……!! 言っちゃったんですか？ そ、そのときの関さんの反応は……？」

「普通に驚いてたように見えたけど。でも、すぐ『ですよね、いますよね』って笑ってくれた」

話を聞くだけで、関さんの気持ちが手に取るように伝わってきた。これ、絶対ショック受けてるやつだ。

――関さん、ごめんなさい……って、私別に悪いことしてないんだけど……

それでも心の中で謝らずにはいられなかった。

あと、私も彼に秘密にしていることがある。それを今ここで打ち明けないと、絶対後で後悔する。

「あの。私、司さんに謝らなければいけないことがあるんです」

「知ってる」

――え？

間髪容《い》れず返ってきた返事に、我を忘れポカンとする。

「桜井と会ったんだろ？　ヤツから聞いてる」

「ええっ!?　な、なんで、桜井さん……!!」

「さあ？　多分、嫌がらせだよな。まあ、あいつが先に清花と外で二人きりで会ったと聞いていなければ、俺も君に慌てて好きだって言うこともまだなかったかもしれないし。なんだかんだいってあいつの存在が俺と君の距離を縮めたと言っても過言ではないから。だけど、あいつにとってみたら面白くないよな。間違いなくキューピッド的な役割なんかするつもりは万に一つもなかっただろうから」

すらすらと喋《しゃべ》る司さんに、私の思考がまだ追いついていない。

「い……いやあの、いつから知ってたんですか？　私と桜井さんが二人で会ったっていうの……」

「んー。多分会ったその日の夜じゃないかな。あいつから電話もらった」

――さ、桜井さん……!!　あの人、どこまで……!!

顔を思い出したら腹が立った。まだスマホに連絡先が残っているはず。あとで着信拒否にしとこうと心に決めた。

つくづく、あの人と深い仲にならなくて良かったと心底思った。

「……でも、その話を聞いてどうして私を問い詰めなかったんですか？　司さんは、い……嫌な思いをしたわけですし……少なからず私に苛立《いらだ》ったはずです。それなのに……」

するると司さんは、ムッとするどころかなぜか笑顔になる。

「嫌な思いはしてないよ。それよりも多分、桜井のことだから清花を上手く言いくるめて二人で会おうとするんじゃないかと思ったんだ。となると、清花も被害者みたいなもんだし、怒りなんか湧かないよ。とりあえず、桜井にはこちらからキツく言っておいた。もうあいつから君に直接電話をかけることはないと思うよ」

「……なんだか、司さんって……」

その場にいたわけでもないのに、どうしてこんなによく周りの人のことを分かっているのだろう。

この人にはとてもじゃないけど、あらゆる面で敵《かな》わないと思った。

——敵わないし、司さんの懐が広すぎて、私の悩みなんて彼にとってはミジンコばりに小さく感じるんじゃないかなあ……

「え？　俺がなに？」

「いえ。好きだなあって改めて思っただけです」

正直な気持ちを伝えたら、一度は離れた視線が、すぐに戻ってきた。

「清花」

「はい」

「そういうの、ずるくない？　俺、ここ数日めちゃくちゃ清花に会いたいのを我慢してたのに」

四つん這《ば》いになって近くにきた司さんが、私の手を取る。

「これからも嫉妬したっていいよ。でも、俺から離れないで。いい？」

無言で頷くと同時に、頬に手が添えられた。それに反応して顔を上げ、彼と目が合ったと思ったらすぐに唇を塞がれてしまった。

「……っ！」

激しく舌を絡められて、自然と背中が反り返ってしまう。その結果、リビングの床に仰向けで倒れ込んだ。

「あ……」

パジャマの裾から彼の手が入ってくる。すぐに胸の膨らみに到達すると、なぜかそこでピタリと動きを止めてしまう。

「……？　司、さん……？」

「清花、ノーブラ？」

至近距離で顔を突き合わせながら尋ねられ、はい、と答えた。

「だって、寝てたから……」

「そういやそうだったな」

司さんが苦笑する。

「ベッド行く？」

「……はい」

釣られて笑いながら、同意した。

ベッドに移動すると、彼はすぐに自分のシャツのボタンに手をかけ、いくつかボタンを外し胸元を寛げた。私はというと、この場合どうするのが正解なのだろうと考えつつ、とりあえずカーディガンだけは脱いだ。

「清花のパジャマ姿って、初めて見た」

首筋に舌を這わせながら喋るので、こそばゆくて背中がゾクゾクした。

「そりゃ……こんな格好、普通は見せませんし」

「だよな」

首筋を吸い上げながら、彼が私のパジャマを胸の上までたくし上げた。インナーにキャミソールは身に付けていたが、ブラがないので胸の尖《とが》りがすぐにわかる。

「自己主張してるね」

ピン、と盛り上がったキャミソールの尖りを、彼が指で摘まんだ。

「んうっ……！」

久しぶりに彼に触れられると、いつになく敏感になっているような気がする。

自分でもびっくりするくらい大きな声が出たうえに、体が大きく跳ねてしまった。

「……ちょっと触っただけなのに、反応いいね」

「そんなこと、な……ふあっ‼」

今度はキャミソールごと尖りを口に含まれてしまう。それだけに止まらず、布の上から舌で嬲られていて、ビリビリとした甘い痺れが全身を駆け巡った。

「や……あ、あ……っ‼」

「どんどん硬くなってくる。こっちは？」

片方を口に含みつつ、今度はもう片方を指の腹で優しく撫でられる。

腰の辺りがもどかしい。でも、これを自分でどうにかなんてできない。

「ン……っ、あ、はあっ……や、いや、それ……」

「嫌？　でも体は悦《よろこ》んでるみたいだけどなあ……」

布越しに先端を含むのをやめ、キャミソールを胸の上までたくし上げた。お椀《わん》型の乳房がフルリと彼の眼前にまろび出る。その先端は赤く色づき、大きく勃ちあがっている。

まるでもっと愛撫してくれとせがむように。

「ほら、こんなになってる」

指の腹でくりくりと弄りながら、彼が微笑む。

こんな状況で微笑まれても、どうリアクションしたらいいのか全く分からない。

「もうっ……、意地悪……！」

窘めたら、ははっ、と声を出して笑われた。

「今の意地悪は、褒め言葉だな」

上体を屈め、彼が胸の先端を直に口に含んだ。

「あっ……！」

ビクッと体が揺れた私に構うことなく、彼は舌を巧みに操り先端を舐め転がす。舌先を使ってツンツンとノックしたり、全体を使ってねっとりと舐め上げたり。

されている間そこを直視できず、ただ感じているしかできなかった。

――やば……気持ちいい……

次第に下腹部へと甘い痺れが広がっていく。ジンジンして、ショーツがしっとりしていくのが自分でも分かった。今すぐにでも彼を受け入れることができる。それくらい、愛撫によって私の体はとろとろに蕩《とろ》かされていた。

「……っ、やだ……私ばっかり……」

「なんで。いいんじゃない？　俺は、もっと清花に気持ちよくなってほしい」

「そ、んな……ああっ、ン、ンっ……!!」

先端を強く吸い上げられ、自然に体が仰け反った。

「こっち触るよ」

まださっきの愛撫で荒くなった呼吸が整っていないのに、彼がパジャマズボンのウエストから手を入れてくる。

「あ、まっ……」

待って、と言う訴えも彼には届かない。滑るようにショーツの中を進んでいった彼の手は、たやすく繁みの奥の蕾を探し当て、すぐに愛撫を始めた。

「ひあっ……!!」

触れられるだけで強い快感が私を襲う。咄嗟に足を閉じそうになるけれど、彼の腕がやんわりとそれを阻止した。

「すご、ここ……」

蕾に触れてきたと思ったら、蜜口に指を入れられてハッと息を呑む。彼が今呟いたとおり、すでにそこはぐっしょり。指は、するすると私の体の中に飲み込まれていった。

「や……あ、ああっ……」

自分の中で蠢《うごめ》く司さんの指に、勝手に意識が集中する。膣壁の奥を擦ってみたり、入り口の辺りを擦られたり。そして忘れた頃に蕾を指の腹でくるくると円を描くように愛撫したり。

——き……きもち、いい……

息をつく暇がないほどの愛撫の連続に、頭が働かない。口からは吐息しか出ない。

「あんっ、はあっ……あ……ン」

体が火照って、頭がぼうっとしているせいで、どれだけの間こうしているのかすら、わからなかった。ただ、間違いなく絶頂はすぐそこにある。それだけはわかる。

「……っ、だめ、いく……いっちゃう……」

ぶんぶん首を横に振って彼に訴えた。でも、彼はやめるどころか手の動きを早めてくる。

「いいよ。好きなときにイって」

「好きなときにって……」

前もそうだったけど、自分ばかりが先に達していいものか。それが脳裏を掠め、一瞬我に返ったときだった。私のナカにあった彼の指が抜かれ、代わりに今度は彼が舌で直接蕾に触れてきた。

「そ……それ、やっ……んう……!!」

ざらついた舌での愛撫は、まるで電流のように私の体へ快感を流し込んできた。じっとしているのが難しいほどの刺激に、たまらず腰が浮きシーツを強く掴む。

「あ、あ、それだめ、だめ、きちゃう、きちゃうからあ……っ、……ンン!!」

強い刺激で一気に絶頂が高まり、弾けた。目の前がチカチカしたのち、仰向けになったまま大きく息を吐いた。

——イッちゃった……気持ちよかった……

余韻に浸りつつぼーっと天井を見つめていると、上体を起こした司さんがシャツを脱ぎ捨てていた。

「清花ごめん。イッたばかりのところ悪いけど」

ボクサーショーツの前側が大きく膨らんでいるのを見たら、何も言えなかった。というか、求められていることが嬉しくて、彼を求めて体が熱くなってきた。

「う……ううん、大丈夫……私も、はやくほしい……」

私がこんなことを口にするのが珍しかったのか、避妊具を装着しようとしていた司さんの手が止まる。

「……ほしいって。そんなこと言われたら手加減できないけど」

「い、いいよ？　しなくて……」

「言ったな」

再び手を動かし、避妊具の装着を終えた司さんが、屹立を私に押し当ててくる。

「手加減してって言っても、多分できないから」

「え？　……あ、んうっ……‼」

大きくて硬い彼の昂《たか》ぶりが、ぐっと私に押し込まれた。何度経験しても、この圧倒的な存在感にはまだ慣れない。

「は……、ア……」

下腹の奥にいる彼を感じながら浅い呼吸を繰り返す。その最中、彼が腰を打ち付けてきた。

「んっ！」

屹立が奥に当たると勝手に声が出てしまう。

目をぎゅっと閉じて彼の腕を掴んでいると、司さんが不安げにこちらを窺う。

「大丈夫か。痛い？」

さっきあんなことを言ったわりに、優しく気遣ってくれる。

司さんのこういうところが好きだ。

小さく首を横に振ってから、大丈夫と伝えて彼と見つめ合う。

「痛くないから、続けて」

手を伸ばして、彼の首に自分の腕を巻き付けた。

「もっと司さんがほしい」

彼の頭を自分に引き寄せる。すると、小さなため息とともに、彼が私の耳朶《じだ》を食《は》んだ。

「そういうこと言うなって……」

これは、喜んでいるのかどうなのか。しかし悩む間もなく深く口づけられて、次第にそのことは頭から綺麗さっぱり消えてしまった。

「んっ……」

舌を絡め合ったあと、銀糸を引きながら彼が離れていく。そのまま首筋を強く吸い上げられて、甘い痛みが走った。

——あ、これたぶん、痕……

ちらっとそんなことを思ったけど、気にならなかった。以前の私だったら多分周囲の目が気になるからやめてくれとお願いしたかもしれないのに。

そんな自分の変化に驚き、心の中で苦笑する。

「あ……あ、ん、はっ、あ……」

彼の汗ばむ背中に手を置き、止まらぬ突き上げに身を委ねた。

最初はあんなに痛かったのに、今は痛みなんかまったくない。それどころか、奥を突き上げられるほどにじわじわと全身に広がる甘い痺れまで感じるようになっていた。

もちろんそれだけじゃない。抱かれているのが大好きな司さんだからこその悦び。

「司さん……好き……」

たまらず彼に訴えると、額に玉のような汗を掻きながら、彼が目線を合わせてくる。

そして微笑む。

「俺も」

もう何度目になるか分からないキスをしてから、彼の体を強く抱きしめた。

微妙にさっきより急いた間隔で突き上げられているうちに、私の中にあったわずかばかりの余裕は、きれいさっぱりなくなった。

「はあっ、あ、あっ……ン、ン……!」

お腹の奥に感じる彼からの刺激と、定期的にやってくるキス、それと首筋や胸への愛撫。彼からの愛をたくさん受け取っているうちに、目の前にいる司さんの輪郭がだんだんぼやけてくる。

――あ、やば……またイきそ……

頭の片隅でそんなことを考えつつ、私を組み敷く司さんを見る。よく見れば、彼も表情が恍惚《こうこつ》としていて、さっきよりも息が上がっている。

「……っ、清花っ……」

彼もイきそうなのかな、と思いながら広い背中に腕を回す。そのまま首に手を回して、彼の頭を掻《か》き抱《いだ》いた。

「気持ちいい……司さん……もっとして」

はしたないとは思ったけど、正直な気持ちを誤魔化すことはできなかった。

すると私の気持ちを汲《く》んでか、彼の腰の動きが更に速度を増した。このままずっとこの突き上げに耐えられるかどうか、自信がない。それほど激しかった。

「あ……!! や、あ、あっ……わたし、こわれ、ちゃ……」

「……っ、清花……少しだけごめん、あと少し……」

「えっ……や、あ、あああああっ――――!!」

私の頭を抱きながら、彼がひときわ強く腰を打ち付け、そのまま軽く痙攣《けいれん》するように体を震わせた。彼もイッたと理解したのと私が達したのは、ほぼ同時だった。

「あ……はあっ……」

私の中で被膜越しに爆《は》ぜたまま、彼はまだ離れようとはしない。私もまだ離れたくない。

その気持ちが通じ合ったのか、しばらくの間私達は繋がったまま抱き合った。

「清花……」

「はい……？」

しっとりと汗を纏った彼の体が愛し合った証拠のように思えて、愛《いと》おしい。

「結婚しよ」

短いけどはっきりと結婚という単語が耳に入った。

無言のまま彼を見ると、私の耳朶を食んでからにやりと笑う。

「婚活は俺で終わりでいいだろ？　愛してるよ、清花」

「……‼」

愛してるなんて言われて、平常心でいられるわけがない。

戸惑ったし、めちゃくちゃ恥ずかしいけど、勇気を振り絞った。

「私もです……愛してます、司さん……」

「満点」

嬉しそうに微笑む司さんに釣られて私も笑う。そしてまた、彼の腕の中に包まれた。

こうして、私の婚活は無事、幕を閉じたのだった。

第八章　婚活の先にあるもの

結婚することを決め、真っ先に私達がしたこと。

それは、勤務先の同僚達への報告だった。

まずそれを言い出したのは司さんだ。私はすぐに同意はできなかったが、実際秘密にしていたら私のモヤモヤが増したという結果を突きつけられ、反論できなかった。

——だって、なんだかんだで司さんモテるから。婚約者がいるって触れ回っておかないと、これまでのように女性が寄ってきちゃうし……

恋人が格好いい、容姿端麗というのは素晴らしいことだ。しかし、黙っていても女が寄ってくるというのは彼女からしてみればなかなか困りものである。

司さんは、そこのところを本当に分かっているのだろうか。

疑問に思いながら勤務先で彼の執務室の掃除をしていると、司さんが「おはよ」と爽やかに現れた。

「おはようございます」

「とりあえず、朝礼かなんかで全員集めて、そこで報告するかな」

「え。これからですか？」

「そう」

そんなこと事前になにも聞いていなかったので、普通に驚く。

「いやあの……ちょっと緊張するんですけど」

「そう？　でも、言うならさっさと言った方が気が楽でしょ？」

「まあ、それは確かに……」

「じゃ、そういうことでよろしく」

爽やかによろしくと言った彼は、本当に朝礼であっさりと婚約のことを社員に説明した。

彼が私との婚約を明かすと、案の定数人の女子社員から悲鳴に近い声が上がった。まあ、想定内である。

「うっそ……!?　社長と本永さんが!?」

「うわあ……そうだったんだ……」

なんというか、放心状態というか。まさか私と社長がそういうことになっているとは露程も思っていなかった、という反応だった。

でも、この状況の中で前橋さんが真っ先にパチパチと拍手をして、私達を祝福してくれた。

「おめでとうございます！　社長と本永さん、お似合いだと思ってたんですよ」

「……あ、ありがとうございます……」

彼女がこんなふうに温かく祝福してくれたお陰で、他の社員達もすぐに拍手をして「おめでとう」と言ってくれた。

祝福されるのがこんなに嬉しいものだと思わなくて、涙ぐみそうになってしまった。

改めて、同僚の優しさに触れ、ますますこの会社が大好きになった。

しかしここで、ある女性社員が司さんに物申す。

「でも、結婚するとなると、秘書はどうなるんですか？　これまでどおり本永さんがやるのか、それとも他の社員がやるのか。その辺り、社長はどうお考えなんですか」

「それなんだけど」

司さんがチラリと私を見た。あの話ね、と理解して、彼の目を見て小さく頷く。

それを受けて、司さんがある社員に視線を送った。

「次の秘書は、島田《しまだ》にお願いしようと思う」

名前が出た社員に向かって、他の社員の視線が一斉に向く。その島田さんというのは私の一個下の社員で……男性だ。

司さんと同じか、もしくはそれ以上ありそうなほど長身の、スマートでメガネがよく似合う男性である。

島田さんは多分、事前に司さんから打診されていたのだろう。微笑みを崩さず、「よろしくお願いします」と周囲に一礼していた。

それを受けて、どこからか声が漏れる。

「島田さんかあ……」

なんだか残念だというような、がっかりしたような声に、心の中で申し訳ないと思ってしまった。

――後任の秘書は男性にお願いするよ、と司さんに言われてたので……すみません……

別に女性の秘書だっていいよ、と言ったのだが、司さんが私のことを考えて男性の方がベターだろう、と配慮してくれたのだ。

『なんせ俺の恋人は焼きもちやきなんでね』

言われてしまうとそのとおりなので、なにも反論できない私なのだった。


それから数日後。

私は長年住んだアパートから司さんのマンションに引っ越すため、自宅で作業に追われていた。

そしてその作業を手伝ってくれているのは前橋さんだ。彼女は今、休日を返上して私の部屋で不要になった雑誌や本を、慣れた手つきで纏めてくれている。

いつも綺麗な格好をしているお洒落な前橋さんだが、今日はお手伝いということで薄手の長袖シャツと動きやすいジャージのパンツという超ラフなスタイル。こんな前橋さんを見たのは初めてだが、ラフでもセンスのいい人はお洒落に見えるのが不思議だった。

「前橋さん。コーヒー淹れたからちょっと休憩しよっか」

「はーい。ありがとうございます」

手際よく纏めた処分する雑誌の束が数個。それだけでなく、彼女に任せたゾーンには、荷物を纏めた段ボールがすでにいくつも積み上がっている。正直、彼女がここまで手際がいいと知って驚いた。

引っ越しをすると前橋さんに話したら、

『私引っ越しマニアなんで、荷物の梱包《こんぽう》とか超得意ですよ』

と申し出てくれたのが手伝ってもらうきっかけとなった。

荷物の梱包を中断し、床に座って淹れたばかりのコーヒーと、さっきコンビニで買ってきたサンドイッチでお昼にした。

「それにしても、本永さんがあっさり秘書やめちゃうとは思わなかったなあ」

本永さんがハムチーズのサンドイッチを食べながらしみじみする。

「そう？　でも、普通に考えてやっぱり社長と秘書が夫婦って、周りも気まずいかなって。それに昼も夜もずーっと一緒にいるっていうのも、多分私は向いてない気がしたの」

「本永さんは好きな人と四六時中一緒にいたいタイプじゃない、ってことですね？」

そのとおりなので、うん、と頷く。

「もちろん彼と一緒にいられるのは嬉しいけど、やっぱり家でも外でもってなると、なんとなく気が抜けないというか……私、大学からずっと一人暮らしだったせいもあって、たまに一人になりたいときもあるんだ。だから」

「わかる～。私も四六時中は無理だわ～」

前橋さんが激しく同意してくれた。

「だから、彼が男性の秘書と交代しよう、って言ってくれたとき、もちろん寂しさはあったけど、八割方ホッとしたんだよね」

「そうでしたか。実は私もそのあたりをどうするのか気になってたんですけど、本永さんが納得しているならそれでいいと思います。とりあえず、大きな混乱がなくてよかったですよね」

コーヒーの入ったマグカップを持って、前橋さんが微笑む。

「本当にね……もっとなにか言われるんじゃないかって予想してたんだけど、今のところ面と向かって不満をぶつけてくる人もいなくて、ちょっとホッとしてる」

例の取引先の関さんのように、司さんに想いを寄せる女性達は彼の婚約発表にどんな反応をするのだろう。

それが気になって仕方なかったのだが、彼が事前に恋人の存在をはっきり伝えておいたこともあり、関さんの態度はこれまでとなにも変わらなかった。

――とにかく、よかった……というか、私がいろいろ気にしすぎだったんだな……

そんなわけで最近は絶賛反省中の日々を送っていた私だが、司さんの切り替えは早かった。

まだ入籍前だというのに、

『結婚するんだからもう俺の部屋にくれば？』

と、軽いノリで引っ越しを要求してきたのである。

驚いたけれど、確かに結婚したら一緒に住むわけだし、予行練習のつもりでこれもアリか、と心が決まった。

そんな感じで思考が柔軟になったのも、司さんや真希、前橋さんのお陰だと思っている。

「それで、社長はいつ来るんです？」

「あ、うん。もうじきかな。半休とって飛んでくるって言ってたから」

引っ越しには専門の業者さんを使わず、荷物は司さんが運んでくれることになっている。

前橋さんに纏めてもらった荷物のほとんどは処分品で、私は身軽な荷物だけで彼の部屋に引っ越しすることが決まっているのだ。

「それにしても、結構思いきって処分しますね。電化製品も……本当にいいんですか？」

前橋さんが部屋の中を見回す。

「うん。実はほとんどが大学時代から使っていたものばかりで……。この機会に壊れそうなものは処分しようと思って」

「身一つで彼のところに行くってなんかいいですね」

「そうかな」

ふふっ、と笑い合っていると、ピンポーンとインターホンが鳴った。

「あ、来たかも」

モニターで司さんであることを確認し、ドアを開けた。

部屋に到着するなり、司さんは今日手伝ってくれている前橋さんに感謝の品として、お菓子を渡していた。

「いや、わざわざ仕事休んでまで手伝ってくれたからさ。よかったら今度、うちにも遊びに来てよ」

「えっ⁉　あ、遊びに行っていいんですか⁉」

社長である司さんの申し出に、前橋さんが驚いている。

「なんで驚くの？　そりゃ、清花と仲良くしてくれたら嬉しいからね。いつでもどうぞ？」

「清花だって～‼　名前で呼んでる～‼」

私と司さんを交互に見て、きゃあきゃあ声を上げる前橋さんに唖然《あぜん》とする。それは、司さんも同じだ。

「あ、そうか。私的な場で二人でいるところを見られるのはこれが初か」

「ですね……」

司さんの言葉に深く頷いてから、何気なく隣に立つ彼を見上げた。

「ん？　なに？」

「……いえ、なんでもないです……」

「なに。気になるじゃん」

「いやあ……なんか、嬉しそうだなって、思って」

司さんが怪訝そうな顔をする。

「嬉しいんだから、当たり前だろ」

こうしてなんでもはっきり言ってくれるのは、司さんのいいところだ。

私も彼のように、思っている事をはっきり彼に伝えていきたい。

——そして末永く、仲良く暮らしていけたらいいな。

近い未来、正式に彼の妻となるその日を夢見て、新たに気持ちを引き締める私なのだった。

あとがき

ルネッタブックスをお買い上げいただきありがとうございます。作者の加地アヤメです。

ルネッタさんでは約一年ぶりに書かせていただきました。今回は婚活を始める恋愛初心者をヒロインにしてみました。清花、めっちゃ悩んでましたね。これまで何作か書いてきましたが、意外と婚活をテーマにした作品をあまり書いてこなかったような気がします。（書いてたらすみません……）ヒロインの意識の中で結婚を意識したりはあったかもしれないですが、テーマはなかったように記憶しているので。でも私の記憶なんて全然当てにならないんでね……ないと思ったらあった、とかザラです。家でも、ここに置いたはずのアレがない！　って探し始めたらすぐ目の前にあって脱力するとか。物を取りに二階に来たはずなのに何を取りに来たか忘れるとかね……老化を感じて悲しくなります。話が逸れました。

それにしても今回のヒーローは大人だなあと作者ながらに感心してしまいました。こんなに相手の全てを受け入れてくれる男性はそうそういないぜ、と思いながら赤ペンでチェック入れてました。

恋愛初心者で少々不器用なところがある清花ですが、どうか司との恋路がうまくいくよう見守ってやってください。楽しんでいただけたら嬉しいです。

　このあとがきを書いているのは十一月末日ですが、この本が出るのは新年明けた一月。令和六年一冊目の書籍となります。そして商業でお仕事をさせていただくようになってから、一月でまるまる八年が経過しました。なんと九年目に突入です。私もびっくりです。途中休養期間なんかもありましたが、どうにかこうして続けてこられているのは皆様のお陰です。本当に皆様、いつもありがとうございます。

　今作のイラストは夜咲こん先生が担当してくださいました。夜咲先生には過去にも何作か拙作のイラストを担当していただいたのですが、どれも素敵で、今でも見るたびにうっとりします。今作も見惚れてしまうほどの素敵なイラストをありがとうございました！

　世間ではインフルエンザや風邪などが流行っておりますが、我が家も一人、また一人と風邪にやられて一週間近く寝込む羽目になっています。今のところ私はまだ罹《かか》っていないのですが、大体毎年秋から冬にかけて一度は体調を崩すので、怯えながら過ごしています。とりあえず家族が治ってくれないと私も安心して寝込めないので、家族早く治ってくれ。

　皆様もどうかお体に気をつけてお過ごしくださいね。それでは、ありがとうございました。

加地アヤメ

ルネッタ🄛ブックス

婚活するなら俺にすれば？

～エリート社長はカタブツ秘書を口説き落としたい～

2024年1月25日　第１刷発行　定価はカバーに表示してあります

著　者　加地アヤメ　©AYAME KAJI 2024
発行人　鈴木幸辰
発行所　株式会社ハーパーコリンズ・ジャパン
東京都千代田区大手町 1-5-1
04-2951-2000（注文）
0570-008091　（読者サービス係）

印刷・製本　中央精版印刷株式会社

Printed in Japan ©K.K.HarperCollins Japan 2024
ISBN978-4-596-53403-3